シリーズ・福祉と医療の現場から 2

坂上 博／鈴木英二［著］

薬害エイズで逝った兄弟

12歳・命の輝き

WELFARE AND MEDICAL

ミネルヴァ書房

兄弟の作品

お気に入りのテーマ「荷物のトラック」（広太・小３）。

「水泳」（広太・小６）。

「たまいれ」（広太・小６）。

体調をくずし、精神的に不安定になっていたころの絵。ふだんに使われるはずの色が２色しか使われていない。このように、広太の絵には、感情がストレートに現れていた。（佐代子）

「くじらとあそぼう」（健・小３）。

「大きな木で木登り」
（健・小３）。

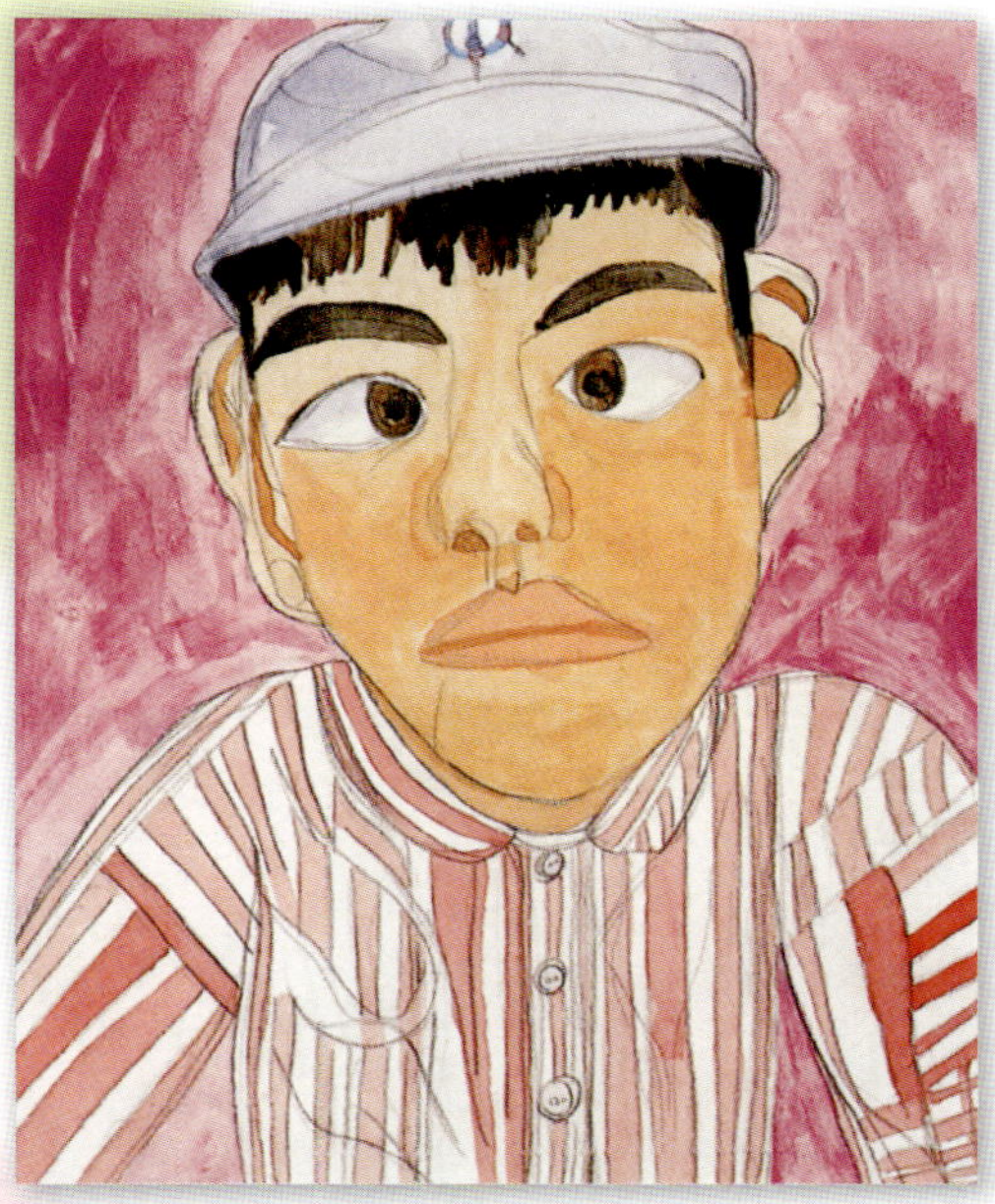

自画像（健・小５）。

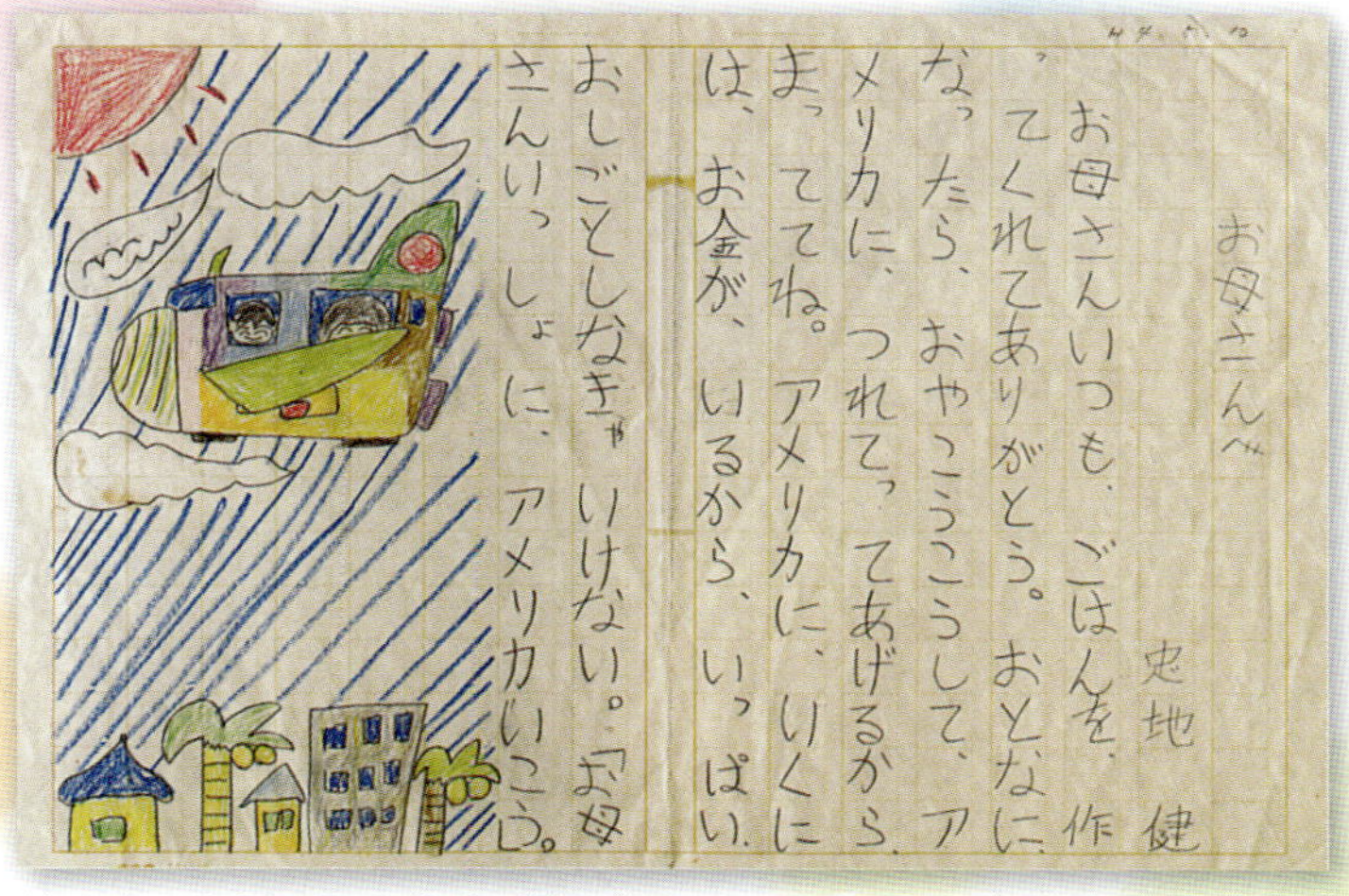

お母さんへ

忠地　健

お母さんいつも、ごはんを、作ってくれてありがとう。おとなになったら、おやこうこうして、アメリカに、つれてって、てあげるから、まっててね。アメリカに、りくには、お金が、いるから、いっぱいおしごとしなきゃいけない。お母さんいっしょに、アメリカいこう。

健の書いた母の日の作文（小３）。

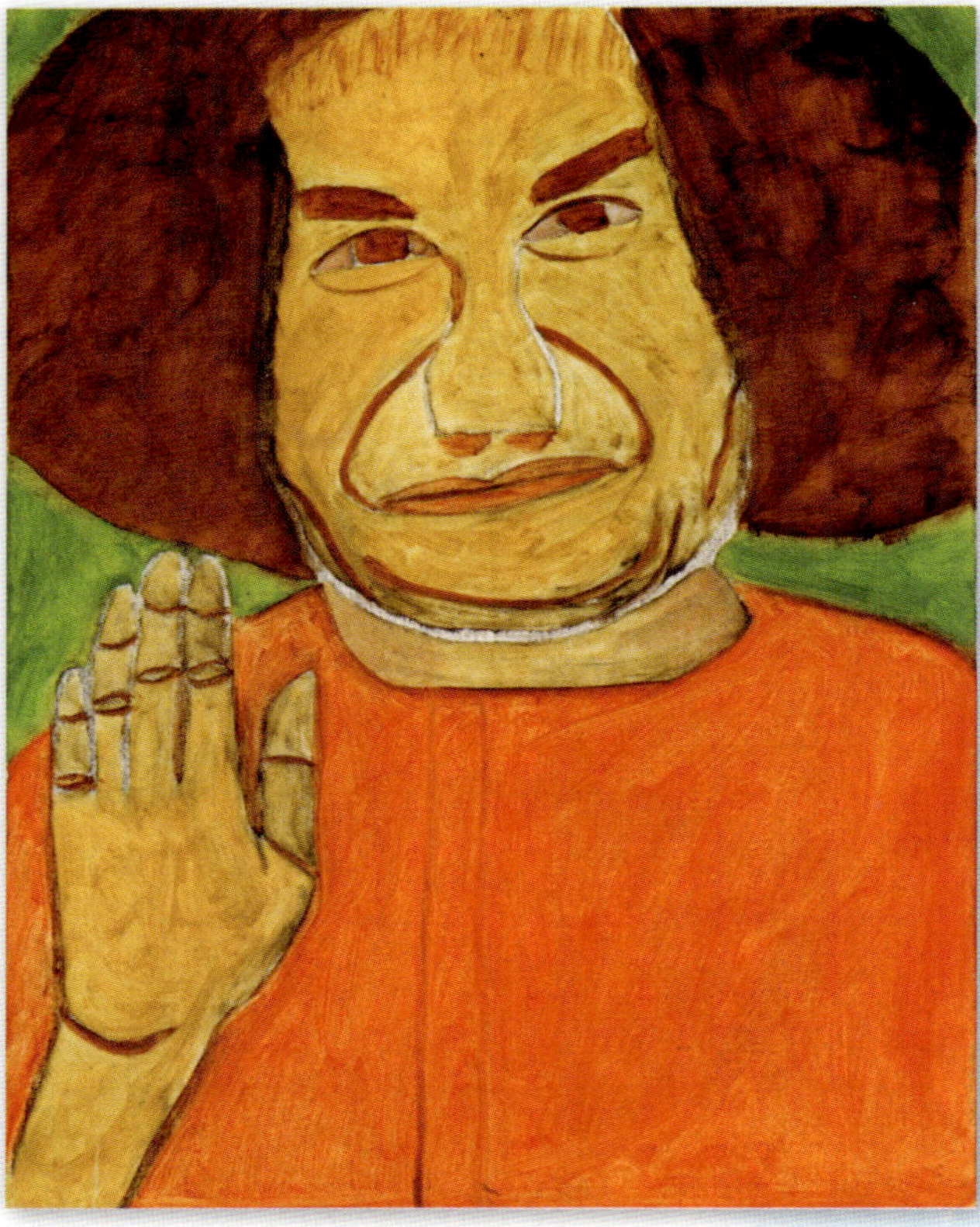

「未完のサイババ」（健・小6）。

夏過ぎから、健は通っていた松本市内の絵画教室で、インドで会ったサイババの肖像画を描き始める。……「まるで、病気が治るよう、製作に願いを込めているようだった」。指導にあたった野中秀司（37歳）は、そう感じた。しかし、病状の悪化で、12月以降は教室に通うことができなくなり、完成目前の油絵が残った。 （本文 p121 ～ 122 より）

はじめに

「筆舌に尽くしがたい苦痛と悲しみを二度と、だれにも味わってほしくない」

「薬害エイズ」の被害者や遺族が国や製薬会社に損害賠償を求めた裁判の和解から、二十年の節目の年となった二〇一六年八月。薬害被害者でつくる全国薬害被害者団体連絡協議会代表世話人で、自身も薬害エイズ被害者である花《はな》井《い》十伍《じゅうご》さんが厚生労働省前で、こう訴えた。

薬害エイズとは、生まれつき出血すると止まりにくい「血友病《けつゆうびょう》」の患者が一九八〇年代前半を中心に襲われた悲劇だ。血友病患者は、出血が頭の骨で囲まれた頭蓋内《ずがいない》で起きれば命にかかわるため、出血を止める成分が入った「血液製剤」という薬の投与を自宅などで受けていた。この薬が血友病患者の人生を狂わせた。いや、命さえも奪った。

この薬は米国から輸入された血液成分が使われていたが、原料となった血液はＨ《エイチ》ＩＶ《アイヴィ》（エイズウイルス）に汚染されていたのだ。ＨＩＶに感染すると徐々に免疫機能が破壊されて「エイズ」という状態に進行し、肺炎にかかったり、腫瘍《しゅよう》ができたりして、当時は亡くなることも多かった。

ＨＩＶは加熱すると活動を止めるため、加熱した安全な「加熱血液製剤」が認可された。しかし、その後も、危険な「非加熱血液製剤」が回収されないで使い続けられたため、ＨＩＶ感染が広がってしまった。国や製薬企業などの不適切な判断が原因で、薬の副作用被害が広がることを「薬害」という。何の罪もない血友病患者は、何も知らないまま、薬害エイズの渦の中に投げ込まれた。

感染の事実を周囲に知られたくなくて引きこもる感染者。親族、時に家族とも疎遠になり、孤立感を深めていく。信じてきた主治医に裏切られたとの思いは強く、医師という人間を信じられなくなった人もいる。いわれのない偏見や差別によって仕事を辞めさせられたり、住み慣れた土地を追われたりしたケースもある。

自らの手でHIVに汚れた血液製剤をわが子に打ち続けてきたことを悔いる母親。いくら振り返ってみても防ぐ手だてはなかったことは明らかなのに、「自分のせいだ」と責め続ける。感染した子どもが保育園の登園拒否や、通院していた医療機関の突然の診療拒否にあうこともあった。そんな理不尽な事態に、母親はわが子を強く抱きしめるしかなかった。このような悲劇が全国で起きたのだ。

薬害エイズ被害者を支援する社会福祉法人「はばたき福祉事業団」（東京都）によると、当時、血友病患者は約五千人いたが、その四割にあたる約二千人がHIVに感染したという。二〇一七年一月末現在、裁判の原告千三百八十四人のうち、半数以上の約七百人が死亡している。特に一九九四～九六年には六日に一人のペースで亡くなったという。今も毎年、数人が命を落としている。薬害エイズは決して終わってはいない。

筆舌に尽くしがたい苦痛と悲しみの中でも、薬害エイズ被害者は精いっぱい生きた。忠地広太《ただちこうた》君と健《けん》君。ともに十二年という短い人生だったが、二人の命は、まばゆいばかりに輝いていた。見る人を圧倒するような力強い絵を描《か》き、読む人の心を揺さぶる素直な詩や作文を書き、元気に歌を歌って周囲を明るくさせた。この本は、そんな兄弟と、わが子に愛情を注ぎ続けた両親の物語である。

◇

本書は、一九九七年四～五月に読売新聞の長野・中南信版で連載した企画「12歳の告発」を大幅に加筆、再構成したものです。文中の登場人物の年齢や自治体名、病院名、学校名などは原則として取材当時（一九九七年）のままとしました。敬称は原則的に省略させていただきました。

薬害エイズで逝った兄弟　もくじ

悲しみをのりこえて……

ジャーナリスト　櫻井よしこ

忠地さん御夫妻と次男の健君にお会いしたのは一九九三年十二月五日のことだった。長男の広太君を亡くして間もない時期で、お二人は最愛の子供を奪われた苦しみと、残された次男の健君を守り通さなければならないという必死の想いの渦中にいた。

まだ健君には感染を知らせていなかったが、そのとき道雄《みちお》さんと佐代子《さよこ》さんは健君の学校の冬休みを利用して、インドまで治療を受けにいく計画を立てていた。遠いインドに親子三人で手をたずさえて訪ねていくことは、子供の体にとりついた病と闘うと同時に、罪もない子供がなぜこのように苦しまなければならないのか、その不条理への答えを求める旅でもあっただろう。

あのとき会った元気な健君はもういない。だが、無残に子供の命を奪っていった薬害エイズの構造は、今も変わらずこの社会に残っている。薬害エイズ訴訟の和解が成立した一九九六年三月末ですべてが解決されたわけではないのだ。

薬害エイズの前にもあとにも、私たちの社会はあまりにも多くの薬害を体験している。疑わしき薬をそのまま使用させ続けることによって、私たちの社会は、患者の命よりも製薬企業や、そこに連なる官僚機構や病院の利益を優先する枠組みへと陥ってしまった。

そのような社会の構造を変えて、大切な愛する家族一人ひとりの命を全うさせる医療と社会の仕組みを、今こそつくりあげていかねばならない。

そのための第一歩はやはり、薬害エイズは終わっていないことを実感することだろう。なぜこの悲惨な事件が起きたのかを問い続け、ＨＩＶに今苦しんでいる人々のための最新の医療をどう確保していけるのかを考え、愛する家族を失った人々の想いにどう応えていけるかを模索し続けることだろう。

二人までも愛する子供を失った親御さんの悲しみの深さを、第三者はとうていその深さにまで実感することはできない。しかし、道雄さんと佐代子さんの想いと言葉を聴くことこそが、薬害エイズは終わっていないのだということを私たちに教えてくれることだろう。広太君と健君が生きて闘って果てていったことを心に刻むことが、忠地さん御夫妻をはじめ薬害エイズに苦しむ人々の想いに一歩私たちを近づけてくれることだろう。

それはまた、幼くして亡くなった広太君と健君の死を、これからに生かす第一歩ともなってくれると思う。勇気をふるって語った道雄さんと佐代子さんに敬意を表しつつ、心してこの書を読みたいと思う。

第一章

遺作展

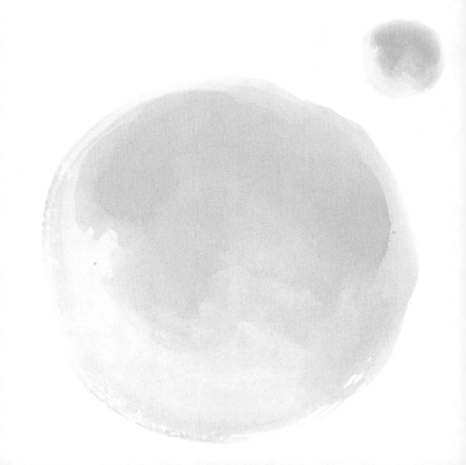

兄弟合作

入り口で広太《こうた》の自画像が出迎えた。

「かっこいい」とあこがれていた中学のブレザーを着て、ガッツポーズをとっている。背景の学校の建物は弟の健《けん》が描き入れた。

会場の奥には、果物などの荷物を満載したトラックの絵が何枚もある。色鮮やかな荷物に、広太はどんな夢を託したのだろうか。

絵画ばかりではない。ゲタ付きの器は、健が死の直前まで通った陶芸教室で完成させた唯一の作品だ。

三百点ほどの作品が会場にあふれた。

絵の前で立ち尽くす子供たち。遺稿集を手にとり、涙を流しながら一字一字を追う母親たち。それぞれの思いは会場の

あこがれの中学校生活を描いた広太と健の合作。

ノートに残された。

「広太君、健君。君たちは純粋なまま、また、この世に誕生してくるものと信じています。ありがとう」

「まだまだ、やりたいこと、これからもどんなにか多くの可能性を残して……。とても残念です。すてきな展覧会をありがとう。まだまだ頑張っていろんなことができたのにね。頑張る気力をいただいた気がします」

「すてきな作品をたくさん見せていただき、本当にありがとうございました。子供と生きるということ、考えてみたいなと思いました。心にしみました」

兄弟の遺作を見つめる忠地道雄、佐代子夫妻（手前の２人）。1997年４月。

長男の広太は一九九三年九月二日、次男の健は一九九六年二月二十九日に、薬害エイズで相次いでこの世を去った。ともに十二歳だった。

両親は、長野県梓川《あずさがわ》村上野《うえの》に住む配管業の忠地道雄（四十六歳）と佐代子（四十七歳）。二人は、一九九七年四月五、六日の二日間、地元の梓川村アカデミア館一階ギャラリーで、特別展を開いた。タイトルは「兄弟ふたりの遺作展　薬害エイズで逝《い》った子供たち」。

降りやまぬ雨の中、息子たちの級友、父母、通っていた絵画教室や陶芸教室の先生、そして兄弟とは直接関係のない大勢の人たちが花束を持ってかけつけた。

二日間の延べ来客数は約千三百人。一九九一年一月に開館したアカデミア館でのイベント来客数のそれまでの最高は、一週間での千人だったが、遺作展はこの記録を大幅に更新する盛況ぶりとなった。しかし、その関心の高さや盛況ぶりとは裏腹に、道雄と佐代子には固く心に決めていたことがあった。

「二人の遺作展は今回限り。これを区切りに薬害エイズや子供たちのことを語るのはもうやめよう」

二人は、健の死後、息子二人がＨＩＶ（エイズウイルス）感染で死亡したことを、ごく一部の親しい人たちに語り始めた。しかし、佐代子はあるとき、「一途に語れば語るほど、聞く側が一歩退《ひ》く」と感じるようになった。

「東京ＨＩＶ訴訟の原告として実名を公表した川田龍平《かわだりゅうへい》さんが、感染しながら偏見に負けず生きて闘っている姿には共感できる。でも、自分たちのように、自分の子供の死を背負いながら語る真実は、他人には理解できても荷が重過ぎるのではないか」

そんな思いが募る中、健の一周忌が近づいた。広太が亡くなった直後にも遺作展を開いたが、そのときはＨＩＶ感染の事実は一切、伏せた。でも今後は、健を悼むだけでなく、薬害エイズをテーマに据えた最後の遺作展にしよう、そう考えた。

春の雨は終日続いた。遺作展が終わり、人気《ひとけ》が消えた会場は静けさに包まれた。

予想を超えた盛況ぶりに面食らった道雄は、「薬害エイズを身近な問題と感じてくれたらいいんだが」と願う。佐代子は、遺作を見てくれた人たちが、「十二年という短い命だったけど、息子さんたちは楽しく明るく生きていたんだね」と感想を語ってくれたことが、何よりうれしかった。

道雄と佐代子は、満たされた気持ちでいっぱいになった。この遺作展を開いたことで、子供二人を亡くしたというむなしさの質が変わった気がした。

「息子たちは喜んでくれているはず。二人は、来てくれた人たちの心の中で生きていくんだろうな」と感じた。そして、つぶやくように言った。

「もう、むなしいと言ってはいけないんだろうな」

第二章　誕生

広太

建設会社に勤める道雄と看護師の佐代子は、山岳クラブの仲間を通して知り合った。

北アルプスが見渡せる安曇野《あづみの》周辺で育った二人は、山や自然が好きだった。特に佐代子は、母親といっしょに木曽《きそ》の実家で花や野菜を栽培していたこともあり、土に触れながらの生活にあこがれていた。

二人には「上高地《かみこうち》がある安曇村でペンションを経営する」という共通の夢があった。

一九七九年三月、二人は結婚。その直後、勉強のためにオーストリアのザルツブルグへ飛んだ。なだらかな山すそに広がる花畑、中世の宮殿や教会、モーツァルトゆかりの家……。二人は、〝ヨーロッパでいちばん美しい〟と形容される、この街が気に入った。

道雄はレストランで皿洗いを、佐代子は老人ホームでお年寄りの世話をする毎日。

休日が合わず、すれちがいの日々が多かったが、時々、いっしょにザルツブルグ郊外の湖水地帯をドライブしたり、ペンションを見学に行ったり。忙しいながらも、充実感でいっぱいだった。

間もなくして、佐代子は妊娠する。

オーストリアを舞台にしたミュージカル映画「サウンド・オブ・ミュージック」の歌で有名なエーデルワイス（薄雪草《うすゆきそう》の仲間）が好きだった佐代子。白っぽい綿毛をかぶる可憐な、この草にちなんで、女の子だったら「雪」と名づけようとひそかに決めていた。

「でも、元気なら男でも女でもかまわない」

出産に備えて二人は、一九八〇年六月に帰国した。

二人は北アルプスの麓《ふもと》に土地を買った。

道雄は会社をやめ、上高地のロッジに住み込んだ。一方、臨月間近の佐代子は、長野県波田《はた》町の道雄の実家で静養しながら、初めての子供が生まれる日を待った。

一九八〇年九月五日、町内の波田総合病院で長男が誕生。

連絡を受けた道雄は、ロッジで山仲間と祝杯をあげた。

数日後、道雄は病室に飛び込んでくるなり、「ありがとう」と言って、佐代子の手を握りしめた。

二人は、「広い心でずぶとく、たくましく生きてほしい」との願いから「広太」と命名した。

しかし、幸せもつかの間。広太は生後八か月で血友病と診断される。

広太は生まれたとき、お尻の一方に血の塊があった。おかしいと感じたものの、自然となくなり、さほど気にもとめなかった。ところが、三か月検診で、陰囊《いんのう》に水がたまっているのがわかり、それを抜いた際、出血して止まらなくなる騒ぎがあった。そのとき、初めて血友病の疑いがもたれ、半年ほどして受けた奈良県立医科大学の検査で血友病と判明した。しかも、重症だった。

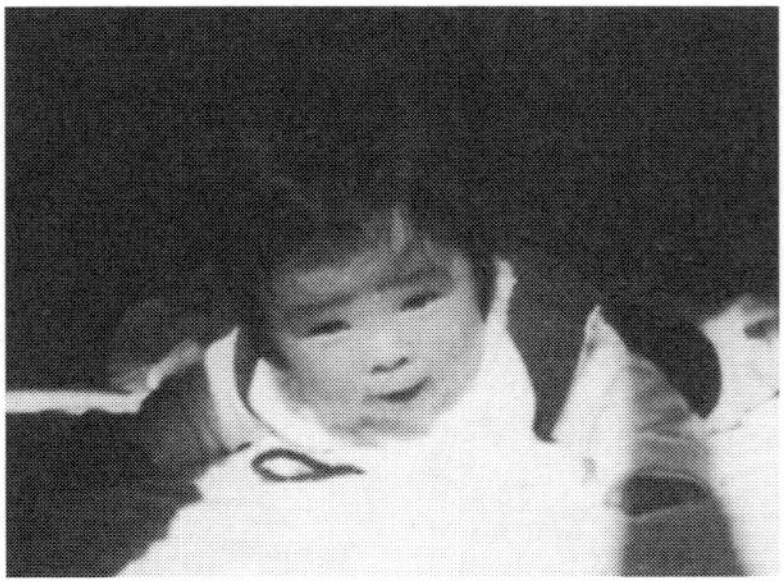

広太６か月。

血友病は血液を固まらせる凝固因子の欠乏から出血すると止まりにくい病気で、頭の骨で囲まれた頭蓋内で出血すると命にかかわることもある。男の子しか発病しない血友病の因子が佐代子にあった。

看護師の資格をもつ佐代子は血友病という病気を知っていたが、道雄は初めて聞く病名だった。この事実に二人は動揺したが、「死ぬような病気でない。ほかの子供と同じように育てよう」と、事態を徐々に受け入れていった。

それから間もなくして、広太は自宅で頭蓋内出血を起こし、松本市の国立松本病院に入院。一命は取りとめたものの、後遺症として知的障害が残った。

血液凝固因子を補充するため、生後十か月の一九八一年七月から四年以上にわたり、当時、新薬として絶賛されていた日本臓器製薬（本社・大阪）の非加熱血液製剤「クリオブリン」が広太の体に積極的に打ち続けられた。その血液製剤はＨＩＶに汚染されていた。皮肉にもクリオブリンは、両親のあこがれの地、しかも広太が「生」を授けられたオーストリアのイムノ社が製造、日本臓器製薬が輸入したものだった。

それが後に、エイズの悲劇を招くとは、二人は知る由もなかった。

健

次男の健は、一九八三年九月二十四日、国立松本病院で生まれた。三千三百八十グラム。真ん丸顔で、ぱっちり目。見るからに利発そうな赤ん坊だった。

健を身ごもって間もなく、佐代子は主治医から「男の子だったら、五十パーセントの確率で血友病です」と宣告された。「男でも女でも産む」と決意はしていたものの、いざ超音波で男の子と診断されると、佐代子の心は揺れた。

日がたつに連れ、佐代子はますます自信を失っていく。「確率は五割。もし、血友病だったら……。やはり産むのはよそうかしら」。信仰には無頓着《むとんちゃく》だった佐代子が、昼夜となく、一生懸命、神頼みをした。

そんな佐代子の気持ちを察して、道雄はきっぱりと言い切った。

「たとえ血友病でも立派に育てよう。何も隠すことはない」

この一言で、佐代子の気持ちは固まった。

出産に際して病院側は、血友病であることを前提に、子宮を収縮させないよう点滴をするなどの対策を講じた。頭蓋内出血が起きないようにするためだ。

血友病に加え、頭蓋内出血で知的障害を負った広太は、健が生まれたとき、三歳になっていた。かぜや肺炎、点頭《てんとう》てんかんなどで入退院を繰り返し、死の淵をさまよったことも一度や二度ではなかった。

「健康にすくすくと育ってほしい」。絶えず広太の看病をしていた両親は、次男には迷わず「健」と名づけた。

健は、母乳の飲み方が若干少ない程度で、生育はいたって順調。むしろほかの子供よりも発育はよく、両親は血友病の心配など忘れかけていた。

しかし、三か月後、佐代子は主治医から、健が血友病であることを告げられる。診察室を出ると、放心状態で、どう受け答えしたかも覚えていない。言いようのない不安感だけが込み上げてきた。

「兄弟が同じ病気なら、お互いの気持ちがわかり合えるかもしれない」

健３か月。

佐代子は、動転する気持ちを抑え、自分に何度も何度もそう言い聞かせた。だが、「広太ばかりか、健までも血友病にしてしまった」という負い目を、気持ちの底からぬぐい去ることはできなかった。

「夫も私と巡り合っていなければ、もっと別の人生があったのに……。申しわけない」

自分を責め、落ち込んでいる佐代子に、信頼していた主治医の一言が追い打ちをかけた。

「どちらかが積極的に避妊手術を受けてください」

健の出産を言い張る佐代子の思いを、「そこまで決心しているならいいでしょう」と受け入れてくれた同じ医師の言葉とは信じ難かった。

「健の出産が否定されたようで、とてもショックでした」

佐代子の心の中に、主治医への不信が芽生え始めていた。

広太３歳・健３か月（1983年12月）。

第三章　運命

血友病

　広太と健の身を襲った血友病の患者は、全国で約五千人いるといわれる。血液を固まらせる元となる「血液凝固因子」は十二種類が知られているが、その一部が欠乏することによって発病する。ほとんどは両親からの遺伝だが、患者の約三割は遺伝子の突然変異で発症する。患者は、出血が止まりにくく、手術や抜歯などでの出血に特に注意が必要とされる。女性は保因者として血友病の遺伝子をもつが発病せず、発病するのは男性だけ。発病率は、男性一万人に対し一人の割合といわれている。

　血友病には、大まかにいって、八番目の因子が欠乏したA型（約三千五百人）と、九番目の因子が欠乏したB型（約千五百人）があるが、広太と健はA型の重症だった。広太が頭蓋内出血を起こしたのも、第八因子の異常な欠乏が原因であった。

　治療法としては、他人の血液から欠乏した因子を取り出して作られた血液製剤を注射し、出血を抑える。広太と健に投与されたのは、オーストリア・イムノ社製造の輸入非加熱血液製剤である「クリオブリン」。イムノ社は、「オーストリアの軍人の献血から作られているので、エイズとは無縁」と宣伝したが、実は原料はアメリカの売血者数千から数万人の血液をプールしたものの輸入で、ウイルスの活動を止める加熱処理が施されておらず、大量のＨＩＶ感染被害を生み出す原因となった。

健は、生後三か月から血液製剤の投与を始めた。投与は、精製した凝固因子の粉末を蒸留水に溶かしたものを、点滴に使う翼状針《よくじょうしん》で血管を固定し、注射器でゆっくりと静脈に入れていく。広太の頭蓋内出血のこともあり、健には積極的に予防投与した。しかし、それが裏目に出る。

一時期、広太には、国内の供血者一～二人の血液を原料として作られたといわれる、いわゆる「クリオ製剤」が使われていたこともあった。当時、国内にはＨＩＶ感染者はほとんどおらず、ウイルス混入の危険性は、非加熱血液製剤よりもずっと低かった。しかし、製薬会社や医師らは、大量生産が可能で、使えば使うほど病院側に薬価差益が転がり込み、メーカー側ももうかる高価な非加熱血液製剤を重宝し、市場からクリオ製剤は駆逐されていった。

佐代子は、感染の原因になるとはつゆ知らず、週三回、広太と健を連れて国立松本病院に通い、クリオブリンの投与を受けた。

佐代子には、血液製剤の投与に漠然とした不安があった。異物を自分の子供に注射することへのためらいがあったからだ。しかし、とりたてて根拠があったわけではないので、医師の治療方針には従った。結局、この血液製剤は、広太には一九八五年十一月まで丸四年、健にも同じ年の十月まで丸二年、それぞれ投与された。安全な加熱製剤がこの年の七月に承認されてはいたのだが……。

血友病患者の自己注射療法が一九八三年に認可されたこともあり、佐代子は、健が三歳になる直前からは自ら二人に投与を始めた。自己注射療法は病院でもらった血液製剤を自宅で注射してもよいというもので、通院の不便さが解消された。十分ほどで終わる簡単な作業で、健には小学校にあがるまで一回・二百五十単位、広太は頭蓋内出血のこともあり、倍の五百単位を投与した。基本的には看護師の経験がある佐代子が週三回、登校前に投与し、時には道雄も手伝った。運動会や遠足など激しく体を動かす前や、歯が抜けかわったときには、その都度、注射した。

日常生活に何ら支障のない健には、保育園の年長のとき、一時投与を控えたことがある。しかし、その影響で足の関節が内出血した。佐代子は「やっぱり、定期的にやらなくてはだめかな」と思い、それ以後は積極的に投与するようになった。

広太は左手の関節部分、健は右足のくるぶしにと射《う》つ場所を決めていた。二人は、嫌がることなく、理由を尋ねることもなく、じっと静脈に血液製剤が注入されるのを見つめていた。

健が小学校入学を控えたある日、佐代子は二人に血友病であることを初めて話して聞かせた。

「神様は、みんなのところには手を切ったら血が止まるようにしてあるけれど、健くんと広ちゃんのところは忘れてしまったの。だから注射しているのよ」

これが、二人への最初で最後の説明だった。

報道

長野県松本市は、忠地夫妻が住んでいた波田町に隣接した人口二十万ほどの県内第二の都市。長野県のほぼ中央に位置するこの都市は、この十年ほどの間に二度までも、全国を震撼させる事件の舞台となった。

一九九四年六月の松本サリン事件。そしてもう一つが松本エイズ・パニックである。

国内の一連のエイズ・パニックは、一九八六年十一月、松本市で始まった。「フィリピンの二十一歳のジャパゆきさんがエイズに感染し、長野県内のナイトクラブで踊り子嬢ホステスとして働いている」。騒動の発端は、マニラ発の一本の外電だった。

これをきっかけに、松本市ではエイズ・パニックが爆発する。当時、市内のクラブなどで就労が認められて働いていたジャパゆきさんは約二百人。が、実際はその何倍ものフィリピン人が働いていたという。

その女性はすでに東京入国管理局に出頭し、帰国していたが、一か月半ほどの滞日中、五十人ほどの客をとっていた、との情報が流れたため、松本市内は大騒ぎとなった。

血友病の広太と健が、血液製剤の投与を家庭での自己注射療法に切り替えた直後の出来事だった。

「信濃路《しなのじ》パニック！『売春白状』にオトーさんたちの顔も引きつった」「松本『夜の市民』が必死でたどるエイズジャパゆきさん四十日間の足どり」――。テレビや週刊誌は、連日のようにエイズを特集。魔女狩りさながらに、彼女が働いていた店やアパート、感染者捜しにやっきとなった。それはまるで、マスコミの手でエイズ・パニックがつくり出されているかのようだった。

騒ぎは次第にエスカレート。市内に住んでいる外国人が銭湯で入浴を拒否されたり、レストランへの入店を断られたり。揚げ句の果ては、松本ナンバーの車が走ると、よける人まで現れた。

松本保健所には、十日間のうちに、「女性が乗っていたタクシーから感染しませんか」、「食事の箸《はし》は熱湯消毒すべきでしょうか」、「電車のつり革は安全ですか」など、五百件もの相談や問い合わせが殺到した。

当時、松本保健所長だった樋代匡平《ひだいきょうへい》（七十歳）は、「エイズの正しい知識を普及させようとしても、恐怖心と好奇心をあおり立てるゆがんだ情報ばかりが報道された。私のコメントも歪曲《わいきょく》され、いい加減な形で載せられるなど、ひどい状況だった」と振り返る。

騒動はさらに、神戸、高知へと飛び火し、厚生省のエイズサーベイランス委員会は、翌一九八七年を「エイズ元年」と宣言した。

そして、パニックの矛先は、血友病患者たちにも向けられていく。

アメリカでは、健が生まれる二年前の一九八一年に初めてエイズの症例が報告されていた。翌年七月には血友病患者のエイズ発症が確認され、感染経路として血液製剤が疑われた。非加熱製剤の危険性が叫ばれる中、米国疾病予防管理センター(CDC)は一九八三年三月、製薬会社に対し、血液製剤からのHIV感染の可能性を警告し、国は加熱製剤を認可している。

ところが、日本ではこの年の二月、厚生省が血友病の自己注射療法を認可したことも手伝って、逆に非加熱の輸入血液製剤の使用がピークを迎える。献血供給事業団によると、非加熱の血液製剤を作るため、日本がアメリカから輸入した血液の量は、一九七九年は七十五万リットルだったが、一九八三年には三百二十二万リットルと急増し、全世界の三分の一近くを占めた。アメリカでのエイズの流行に、血友病患者の間からは不安の声が上がり、非加熱製剤のＨＩＶ汚染に危機感を募らせた厚生省が、安部《あべ》英《たけし》・帝京大教授（当時）を班長とするエイズ研究班を発足させたのは、健の生まれる三か月前のことだった。

一九八五年五月には、厚生省が血友病患者をエイズと認定した。そして、この年の七月、ようやく日本でも加熱製剤が承認される。アメリカよりも二年四か月も後れての承認。この間にも被害は拡大していった。

パニック渦中の一九八七年二月当時、厚生省発表の全国のエイズ患者は二十九人。うち十六人が血液製剤によって感染した血友病患者だった。麻薬常習者や男性同性愛者の感染が少なかった状況下で、血友病患者の占める割合は高く、そうした背景が感染事情を無視し、ただ一方的に「血友病＝エイズ」を独り歩きさせた。

広太の就学問題で奔走し、騒動を対岸の火事と思い込んでいた道雄と佐代子だが、血友病患者も対象にしたエイズ予防法案の法制化の動きが報じられるにつれ、次第に不安を募らせていく。エイズを対象とする予防法ができれば、HＩＶ感染を問わず、血友病患者全体が社会的に排除されるのが目に見えていたからだ。

パニックの大波、そして、根拠が薄弱なままの興味本位のエイズ報道に、血友病患者たちは社会から身を隠し、息を潜めて暮らしていかなければならなくなった。道雄や佐代子が所属していた血友病患者の親睦《しんぼく》団体「信友会《しんゆうかい》」にも、多大な影響が及んでいく。

信友会

健が生まれてしばらくして、一家は国立松本病院の主治医に勧められて、長野県内の血友病患者とその家族で作る「信友会」に入会した。

松本市に事務局を置く信友会は、同じ境遇の人たちが気兼ねなく悩みを打ち明け、情報を交換する場にと、一九七八年十一月に結成された。血友病の治療費の公費負担を求めて、県や議会に陳情するなどの活動も行った。活動の活発化と歩調をそろえるかのように、当初、十数人だった会員数も二十数人に増えていった。

一九八五年夏、八ヶ岳東麓《やつがたけとうろく》に広がる野辺山《のべやま》高原の民宿で、泊まりがけの親睦会が開かれた。

広太と健を連れて参加した佐代子は、周りの母親や子供たちの意外なほどの明るさにはっとさせられた。民宿の経営者からハクサイやレタスをもらい、無邪気に喜ぶ子供たちの笑顔がまぶしかった。

別の親睦会では、足に補助具をつけた息子を自宅から毎日、養護学校まで背負って通学させたことを、自分より年上の母親から聞かされた。

佐代子はそうした光景を目の当たりにし、話を聞くたびに、尊敬の眼差しを送るとともに、勇気づけられた。

「自分と同じように、血友病の子供を抱えながら頑張っているお母さんたちが大勢いる。みんなそれぞれの人生を生きているんだ」と痛感させられた。

親同士の親睦会で、ＨＩＶ感染の話題がのぼり始めた一九八五年五月のこと。会は血友病の専門医で、神奈川県立こども医療センターの小児科部長（当時）を松本市内に招き、講演会を開いた。まさに、この月、厚生省は初めて日本人の血友病患者三人をエイズと認定。非加熱の血液製剤による血友病患者のＨＩＶ感染という悪魔のシナリオが明らかになりつつあるときだった。

会員から、この医師に「血液製剤によるＨＩＶ感染は大丈夫ですか」との質問が出された。

医師は「血液製剤からＨＩＶ感染するのは、交通事故に遭うくらいの確率なので安心してください」と断言した。講演会が終わると、この医師を頼って神奈川まで子供を通院させている母親がかけ寄った。

「先生、お世話になっています」。涙ながらに感謝の言葉を述べた。

佐代子は、医師とこの患者との厚い信頼関係に接し、「すごく偉い先生なんだな」と思った。そして、これだけの先生が言うのだからと、広太と健への投与を安心し、信じた。しかし、この言葉に裏切られることになる。

この医師は、「会で話した内容は覚えていない」としながらも、「当時は血友病患者の感染は一例が報告されていただけで、感染率は低いと思った」と説明している。

翌一九八六年の十一月には、松本エイズ・パニックが発生。

騒ぎの中で、佐代子は久しぶりに松本市内で開かれた信友会の親睦会に出席したが、今までの和気あいあいとした雰囲気は一変していた。

参加者は少なく、会の名称は表に出せなくなっていた。また、ほかの親睦会では、会場に向かう参加者たちはエレベーターを使用せず、人目を避けるように、こっそりと階段をかけ上った。

会員らは偏見を恐れ、声をひそめ、嵐の過ぎ去るのをじっと待った。

その間にも、仲間は一人、二人と亡くなっていった。

松本エイズ・パニックは信友会の活動を事実上停止させたばかりか、血友病患者とその家族を孤立化させていった。

第四章
感染

検査

佐代子は一九九〇年春、自己注射のための血液製剤をもらいに、国立松本病院の主治医を訪ねた。

佐代子には気がかりなことがあった。少し前に、主治医から佐代子、小学四年の広太、小学一年の健の三人のＨＩＶ抗体検査をしたい、と言われて採血したからだ。すでに、非加熱の血液製剤とエイズとの関係についてはマスメディアが報道しており、佐代子も知っていた。また、血友病患者らの会合でも、話題になっていた。そのたびに佐代子は、「医者が危険な薬を使うはずはない。エイズが流行しているアメリカではなく、オーストリアの薬を使っていたので自分たちは大丈夫」と、信じていた。クリオブリンがアメリカの売血で作られていたことを、まだ知らなかったのだ。

小児科の診察室。佐代子は検査結果を尋ねた。

「広太君は残念ながらプラスでした。お母さんと健君はマイナス。よかったですね」

主治医はさらりと答えた。

「やっぱり」。佐代子は全身の力が抜けていくのを感じた。

「すぐに夫に知らせなくてはいけない」

その日の夜、道雄に事実を告げた。

自宅で酒を飲みながらくつろいでいた道雄は、「広太がかわいそうだ」と、大泣きした。それまで涙を見せたことがない夫だった。

その悲しみように、佐代子はたじろいだ。

追い打ちをかけるように悲報は続く。その年の夏の日の午後、病院を訪れた佐代子を主治医が呼び止めた。

「奥のほうへ行きましょう」

人影のない病院の廊下に佐代子を促し、外来の長いすに腰かけさせた。

健の血液データを佐代子に見せながら、主治医は「何か気づきませんか」と問いかけた。

「広太といっしょなんですか」。佐代子は切り返した。

「そうです。お母さんがしっかりしてもらわなくては困ります」

静寂に包まれた廊下に、主治医の言葉が重く響く。

〝道雄には話せない〟と佐代子はとっさに思った。

「子供が血友病になったのは私のせい。広太だけでなく、健までもがＨＩＶに感染したなんて……」

そんな自責の念に加え、広太の感染を告げたときの夫の悲嘆ぶりが忘れられなかった。

「これ以上、夫を悲しませるわけにはいかない」

佐代子は、健の感染の事実を自分の胸だけに封印した。

自分でなんとかしなくてはいけないと思いながらも佐代子は、なすすべのないことも知っていた。その後、入退院を繰り返す広太の看病に追われ、真実を話すべきかなどと深く考える余裕がなくなっていた。

結局、切り出せないまま、三年の月日が過ぎていく。

道雄は一九九三年六月、息子二人がいっしょに入院していた東京都港区の東京大学医科学研究所付属病院（医科研）で、ある患者の母親に「弟さんは大丈夫ですか」と感染の有無を尋ねられたことがある。

「下（健）は大丈夫なんですよ」

ひとかけらの疑問ももたずに、道雄はそう答えた。

佐代子が真実を夫に伝えるべきか悩み続けているうちに、ＨＩＶは健の体を確実にむしばんでいった。

口内炎がひどくなり、明らかにＨＩＶの感染症状が現れた健の様子を見て、佐代子は沈黙を守ることに耐え切れなくなっていった。

「広太だけでなく、これからは健のことも夫といっしょに考えなくては」

広太が国立松本病院に入院し、最期が近づいていた一九九三年夏。広太が横たわるベッドサイドで、道雄から「健は大丈夫なのか」と尋ねられ、佐代子はついに真実を告げる。

「なぜ、隠していたんだ」

健は感染していないと信じ込んでいた道雄は、佐代子をなじった。

佐代子は、こんな状況で真実を告げざるをえなかった自分の境遇をのろった。夫への思いやりが逆に夫を悲しませる結果となってしまった。

医科研

国立松本病院の主治医から、広太と健のＨＩＶ感染を知らされた佐代子は、その治療方針に漠然とした疑問を抱き始めていた。

「このままの治療で子供たちは助かるのだろうか」

一家は、一九九一年七月、信友会の仲間の勧めで、初めて東京大学医科学研究所付属病院（医科研）を訪れた。

東京都港区の高級住宅街の一角。国内のエイズ治療をリードする東大医科研は、明治末期に建てられたレンガ造りの建物が歴史を感じさせた。

一九八六年からエイズ治療を始めた東大医科研が、特に力を入れていたのは、患者とその家族の精神的ケアだった。その核となるのが、専従の「コーディネーター・

ナース」。治療の知識をもちながら、悩みごとの聞き役となる。健もその看護師から、ワープロの打ち方を教えてもらい、話し相手になってもらった。

また、医師たちの治療への自信、患者を包み込んでくれるような誠意がひしひしと伝わってきた。患者は互いに病室を行き来し、悩みを打ち明け合う。そして医師は、病気の治療についてできる限りの情報を提供し、患者といっしょに治療方法を考え、病気と闘っていく姿勢をとっていた。佐代子はその温かい雰囲気に、どことなく田舎の診療所といった印象を受けた。

ＨＩＶ感染者が広太と健しかいなかった国立松本病院では、プライバシーの保護に最大の注意が払われた。

広太が亡くなる直前まで、二人の感染は主治医と一部の病院幹部、検査担当者、担当の看護師一人にしか知らされていなかった。いろいろと世話を焼いてくれる看護師にも真実を話せない。そんな状況が佐代子にはつらかった。

佐代子は、「院外に漏らさないようにすることが医師の守秘義務であり、患者と直接かかわっている看護師たちにＨＩＶ感染を隠すことではない。何か勘違いをしている」と感じた。

しかし、治療方針に疑問をもつことは、生後間もなくから兄弟を診てきてくれた主治医に悪いといった気持ちもあり、また、彼女のプライドを傷つけまいと、両親は東大医科研に通っていることは秘密にしていた。

当時、東大医科研で兄弟の治療にあたった岡慎一《おかしんいち》（三十九歳）（現・エイズ治療・研究開発センター臨床開発部長）は、「仲の良い兄弟で、健君は知的障害をもつ広太君の面倒をよく見ていた。車イスを押してあげたり、話し相手になってあげたり。とってもお兄ちゃんを尊敬していた」と、二人の様子を思い浮かべる。

治療体制の面で、中央と地方の格差については、「ないといえばウソになる。特に広太君が東大医科研に来たとき、病状はすでに重かった。都道府県ごとにエイズ治療の核となる拠点病院が選定されているが、実際にエイズ患者を診たことがない所もある。今後は、拠点病院との連絡を密にして、患者が安心して地元の病院に通えるようにしていかなければならない」と、課題をあげる。

佐代子は子供たちを車に乗せ、都心の渋滞を避けるため、午前三時に家を出て、約五時間かけて東大医科研に通った。早く着き過ぎて、受付が始まるまで、いてつく寒さの中、じっと待ったこともしばしばある。

ある日、東大医科研で広太が、国立松本病院の主治医の名前を呼び、「おうちに帰る、おうちに帰る」とだだをこねた。

「やっぱり、広太は主治医に助けてもらいたいんだ。その信頼に応えてほしい」と、佐代子は思った。

周りの目を気にすることなく、地元の病院に通えたら……。

佐代子は、その日が一日でも早く来ることを願った。

第五章　兄弟

笑顔の広太

知的障害を負った広太は、二歳八か月から松本市の市立源池《げんち》小学校や塩尻《しおじり》市の市立吉田《よしだ》小学校の「言葉の教室」、母子通園施設の「あすなろ園」に通った。言葉の教室は先生とのマンツーマン方式で、いっしょに絵を描いたり、ごっそりと持ち込んだおもちゃの電車を走らせたり、砂遊びをしたりと、自分の好きなように伸び伸びと過ごす。週一回、一時間半の授業は、広太にとって最大の楽しみだった。

佐代子は初めての子供が血友病、しかも知的障害を負ってしまったことへのわだかまりがあり、ありのままを受け入れるのに抵抗があった。つい広太を同じ年ごろのほかの子供と比較し、落胆することもあった。しかし、だれにも人見知りすることなく、無邪気にふるまう広太を見るにつれ、佐代子はどん

言葉の教室キャンプ（1984 年）。

な状態であっても、すべてを受け入れ、そこから何かを見い出していこうとの姿勢に変わっていく。

ハンディはあっても、健常者と同じように育てたい。いろいろなことにも積極的に挑戦していってほしい。それが道雄と佐代子の子育ての基本的な考え方だった。

しかし、その思いは就学を前に大きな壁にぶち当たる。波田町教育委員会は、両親が希望する地元の小学校の特殊学級への入学には反対で、「お子さんのためですよ」と、養護学校、なかでも入院施設の備わった学校をしきりに勧めた。

当時、広太は血友病のため週三回、自宅で血液製剤を佐代子が投与していた。広太が普通学校への入学を拒否されていた理由は、知的障害よりも、むしろ血友病が原因だった。

「病気で産んじゃいけないんだ」

血友病に対する周囲のあまりの無理解に、佐代子は胸をふさがれる思いだった。

普通の子供と同じように育てたいとの願いは、間違っているのだろうか。親のエゴなのだろうか……。たまりかねた二人は、勧められた養護学校を見学に行ったこともある。が、養護学校の意義は認めながらも、普通学校へ入れたいとの気持ちは変わらなかった。

町教委や学校側は依然として、「養護学校へ通わせるのが当たり前」との姿勢で、二人の訴えに耳を貸そうとはしなかった。度重なる要望に、町教委は年の瀬も押し迫った御用納めの十二月二十八日、ようやく二人と話し合いの場をもった。しかし、通学先の結論は養護学校。

「本当に情けなかった。なんで、親の気持ちをくみ取ってくれないのだろう」。佐代子は涙ながらにその場は引き下がった。

だが、この一件で、かえって「広太を普通学校へ」の気持ちは強まる。二人の粘り強い働きかけは、地元の「手をつなぐ親の会」や「障害児を普通学校へ全国連絡協議会」、さらには保育園の保母らの協力も得て、ついに波田小学校の門を開くことになる。

一九八七年四月。希望の入学式。広太がうれしそうに跳びはねながら入場してきた姿を見て、「よかったな」と、しみじみ感じた。

式典後、二人は別室に呼ばれた。そこには校長や教頭、担任、保健の先生らが待っていた。話し合いのテーマは、広太の扱いや指導方針などについて。そのやり取りや口調から、「仕方なく受け入れたんだな」と佐代子は感じた。式の感慨とは裏腹に、気分は滅入り、入学の記念撮影をする気すら失せてしまった。多くの親子が、息子や娘の晴れ姿をカメラやビデオに収めているのをしりめに、二人は広太の手を引いて校門を後にした。

道雄と佐代子は、知的障害をもつ広太が人並みに字が書けたり、計算ができたりするようになってほしいと思った。「ことばの教室」に通い、なんとか自分の意志を伝えることはできるようになった。が、それ以上の期待はむずかしかった。

しかし、二人は広太から学んだことがいっぱいあった。

持ち前の明るさで、周囲を明るくさせてくれたことだ。

ちょんまげのカツラをつけて紙で作った刀を振り回し、「遠山の金さん」の真似でおどけた。小学校の運動会で、お尻をフリフリしてミツバチの舞を踊って見せた。ピアノ教室の発表会では、音はでたらめだったが、「こぎつねコンコン」を体を大きく揺らしながら弾いた。

近所の本屋や床屋など広太が立ち寄る所では、みんながいつも声をかけてくれた。「コウちゃん」「コウちゃん」と慕われた。

小学校低学年では言葉がうまく出なかったため、思いが伝えられず、いらいらしながら相手を引っかいたり、砂をかけたりしたこともあったが、高学年になると、日常生活では不便を感じさせないまでに上達した。

それとともに、こぼれ落ちそうな笑顔で、みんなの懐《ふところ》に飛び込んでいった。

広太は何よりも人が好きだった。

「人と人とがわかり合えるのは、決して『言葉』だけではないんだ」。「障害があっても、みな同じなんだ」。広太の生きざまから、佐代子はそんなことを教えられた。学校でも塾でも、遊びのときも、佐代子は広太といっしょだった。精神的な疲れから広太につらくあたることもあった。そんなとき、広太は佐代子の顔をじっと見つめてきた。自分の非に消え入りそうになり、その素直さにいとおしさがいっそう増した。

五十音や足し算、引き算の勉強を詰め込もうとする学校側に反発し、一人、校庭で砂遊びに熱中したときも、佐代子は傍らにいた。

このままでいいのだろうか、との不安もつきまとった。しかし、「この子が喜ぶことをさせ、そこから何かを学んでくれればいい」と、自分を納得させた。

だが、甘やかせていたわけではない。「身の回りのことだけでも、自分でできるようになってほしい」と、佐代子は広太を厳しくしつけ、かつ温かく見守った。

佐代子は広太を車で送り迎えし、時にはいっしょに授業にも出席した。

独り立ちさせようと、小学五年の二学期には、一人で電車通学をさせたこともあった。佐代子は自宅近くの駅まで見送ると、こっそり車で先回りして登校を見届けた。学校前の坂道を一人、寂しそうに歩く広太。声をかけてくれる友達はだれもいない。

そのうち、「電車内で忠地さんの子供が迷惑をかけている」と学校に通報された。広太の名前をかたって近所にイタズラ電話されたことも。そのたびに、佐代子は「広太は悪くない。そんなことをするはずがない」と、広太を信じた。

いじめられるのは知的障害をもつ広太のほうだった。佐代子は、広太が学校前の駅で上級生らからいじめられている、と人づてに聞いた。佐代子はたまらず、帰宅した広太に、「車で送っていこうか」と尋ねた。すると、広太はすかさず「お母さん、やっぱり送っていって」と、懇願した。

広太の電車通学は一か月ほどで終わった。

このころ、巷《ちまた》では、チャゲ&飛鳥《あすか》がヒットチャートを賑わせ、広太のクラスでも、みんなが歌っていた。広太も大好きで、テンポの良い曲♪YAH　YAH　YAH♪が流れると、体を揺らしながらいっしょに口ずさみ、彼らの出るテレビ番組に目を輝かせた。

冬、松本市内のスケート場へ向かうバスの中で、広太は、級友たちの歌う♪SAY　YES♪を聞き、いっしょに歌った。以後、この曲は広太のいちばんのお気に入りとなり、事あるごとにラジカセで聞き、道を歩きながらも口ずさんでいた。

家でおもちゃの電車を飽きもせず走らせるほど電車好きの広太にとって、小学校時代のいちばんの思い出は、電車で知多《ちた》半島を巡った修学旅行だった。六年生のときのことで、佐代子も付き添った。友達といっしょに大騒ぎしながら名所を見物したり、旅館のおふろに入ったり。健に貝の標本をおみやげに買うことも忘れなかった。

思い出がいっぱいの小学校の卒業式は、式典の五日前にはしかにかかり、体調が悪くて欠席した。後日、卒業証書を持った校長が病院を訪れた。

そのとき、佐代子は広太に中学校の制服を着させた。たとえ病室であっても、晴れ姿で、わが子に証書を受け取らせたいとの親心だった。

「制服がかっこいい」とあこがれていた波田中学校に一九九三年四月、晴れて入学を果たす。はしかで体力が落ちていたこともあり、入学式は、車イスでの出席だった。担任の橋詰弘巳《はしづめひろみ》（四十歳）が、父母や生徒の注視を浴びながら先頭にたって広太の車イスを押して入場した。

橋詰は広太の魅力を三つあげる。一つ目は、だれにも元気良くさわやかに「おはようございます」と声をかける「あいさつ」。二つ目は、いつもこぼれるような「笑顔」を忘れないこと。そして最後は、「精いっぱい生きること」である。

【広太の世界】

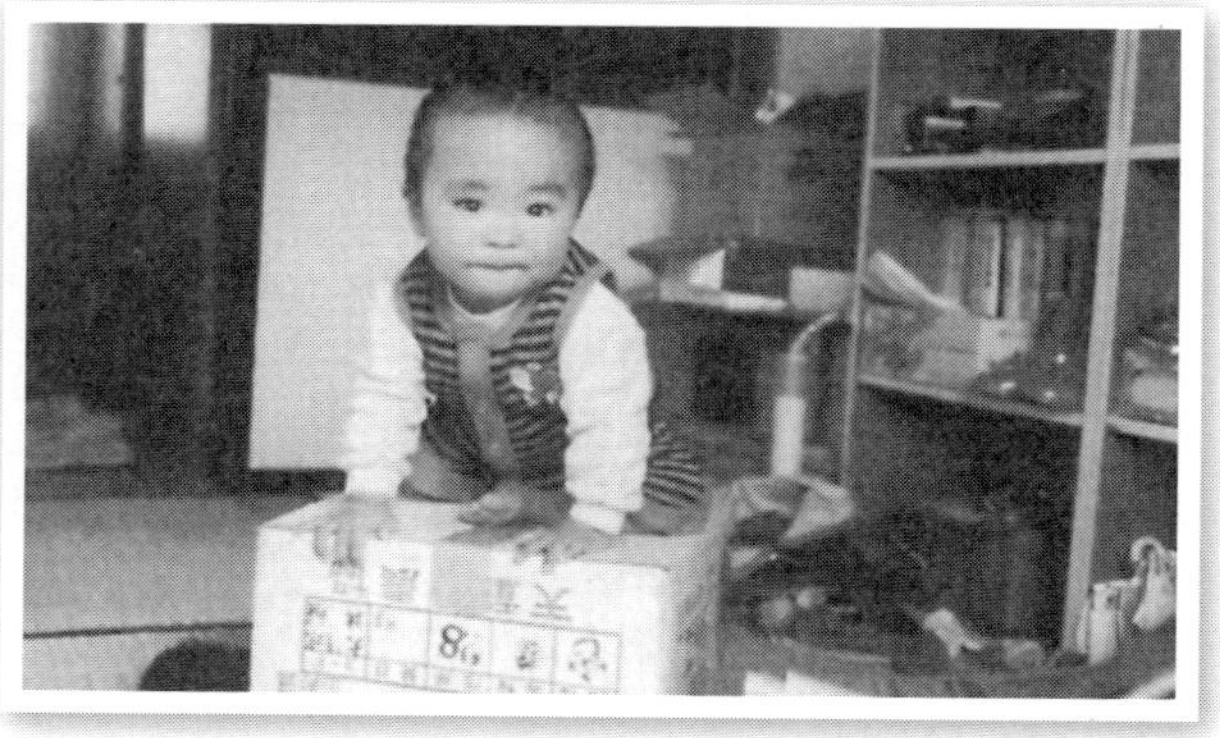

自宅にて（１歳）。

新穂高高原《しんほたか》にて（４歳）。

波田小入学。

保育園の発表会（６歳）。

にもつのトラック

二の二　忠地広太

ほら、
すごい。
こんなにたかい。
シャベルカーでガガガガガガー。
おもいにもつ。
いっぱいになった。
わあ、
タイヤがつぶれちゃう。

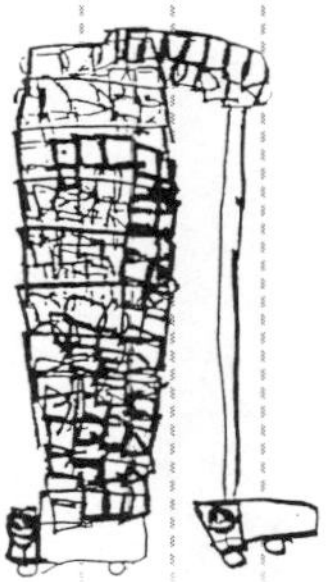

※広太の作文は、いずれも担任教師や佐代子が、口述筆記したものである。

おもちゃのトラックに荷物をたくさん載せることに夢中になり、ついに教室の天井にまで積み上げた。途中何回もやり直し、繰り返し挑戦した大作である。先生と私は、なんとか広太の希望を達成させようと、竹の棒やテープで補強して協力をした。一見くだらないように思えるこの作業も、広太自身は、目標達成のための学習で、頭の中をフル回転させていたはずだ。完成したときは、先生も私もとても感激し、その感激を、口述詩として文集に載せた。文字も文章も書けない広太だったが、確かに広太が発した言葉であり、イラストは、そのときの気持ちを表している。(佐代子)

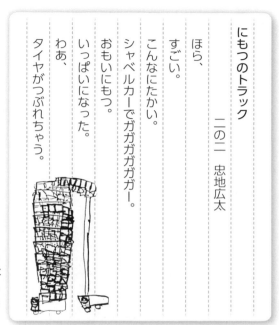

でんしゃ

四の二　忠地広太

プラレールやったよ。
立体こうさも作ったよ。
つみきで山を作ったよ。
しんかんせんが　はやく走るよ。
とっきゅう「さざなみ」がかっこいいよ。
「しなの」「あやめ」「くろしお」もあるよ。
ずっーとあっちまで行くよ。
まちができたよ。
ここがえきだよ。
東海道線にのって、しんかんせんにのって
おべんとうかって、うれしいな。

プラレールが好きで、家でそろえたセットを毎回カゴいっぱい持参し、言葉の教室で作った。月１回の東京の医科研までの様子を、広太なりに表現している。（佐代子）

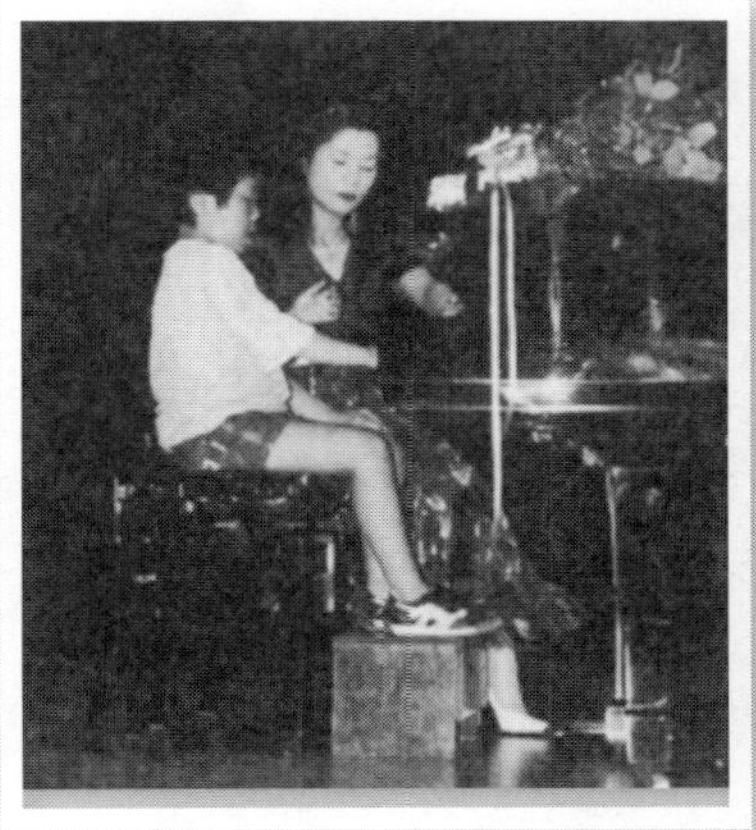

ピアノ発表会（２年)。

波田小１年。

人形劇
（４年)。

お得意の「遠山の金さん」
（６年)。

修学旅行

六の二　忠地広太

ぼく、修学旅行へ行ったよ。ＪＲに乗って、行ったよ。

多治見《たじみ》で降りて、バスに乗ったよ。

トヨタの自動車工場へ行ったよ。

地びきあみをしたよ。

旅館でごっそうを食べたよ。

玉子焼きが、おいしかった。貝も食べた。

ごはんも、いっぱい食べたよ。

先生と　お風呂に入ったよ。いいお湯だったよ。

みんなといっしょに寝たよ。友だちが　いびきしたよ。

汐《しお》ひがりをしたよ。まゆみちゃんと汐ひがりをしたよ。

ぼく、ぜんぜん　ダメダメ。

真吾《しんご》くんもしたよ。あき子さんもしたよ。

あっちゃんも貝を、とったよ。

動物園も行った。

イルカショーも見たよ。

みんな「つかれた。」って言ったよ。

ちくさの駅でＪＲに乗ったよ。

ぼくねえ、みんなと　いっしょに、修学旅行に行ってきたよ。

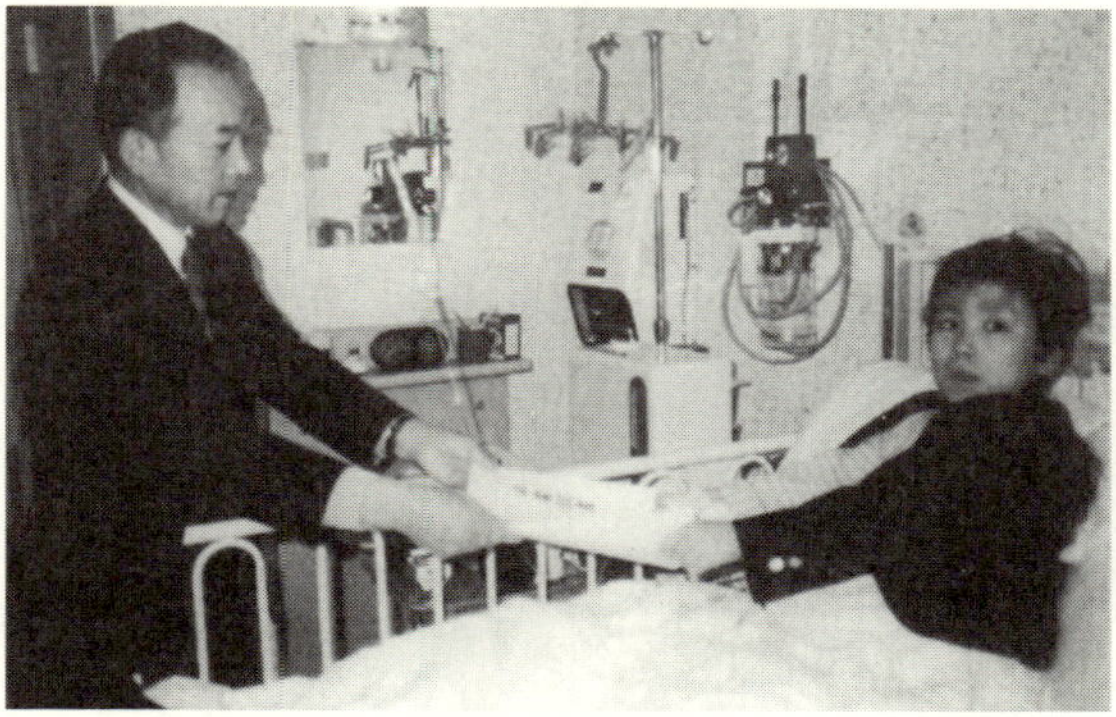

卒業式に出られず、病室で校長先生より卒業証書を受け取る。波田小の卒業式では、中学の制服を着るので、広太もあこがれの制服を肩にかけて証書を受け取った。（佐代子）

あこがれの波田中学校入学（1993年4月）。

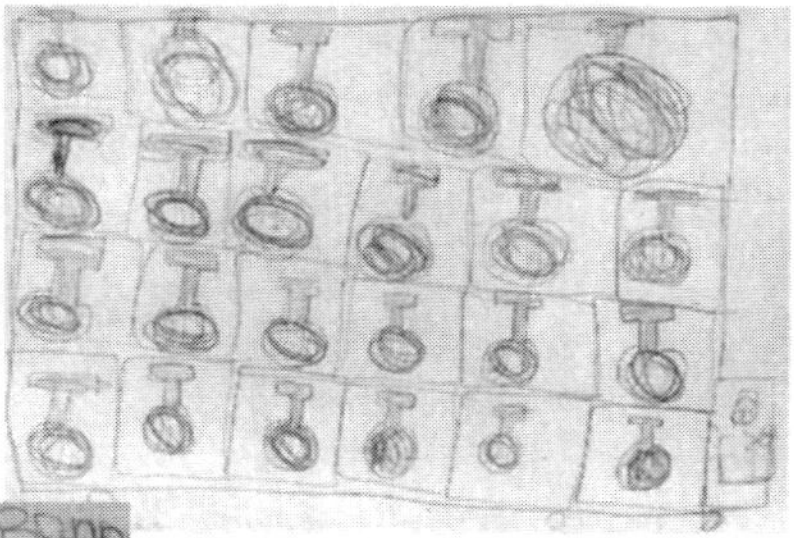

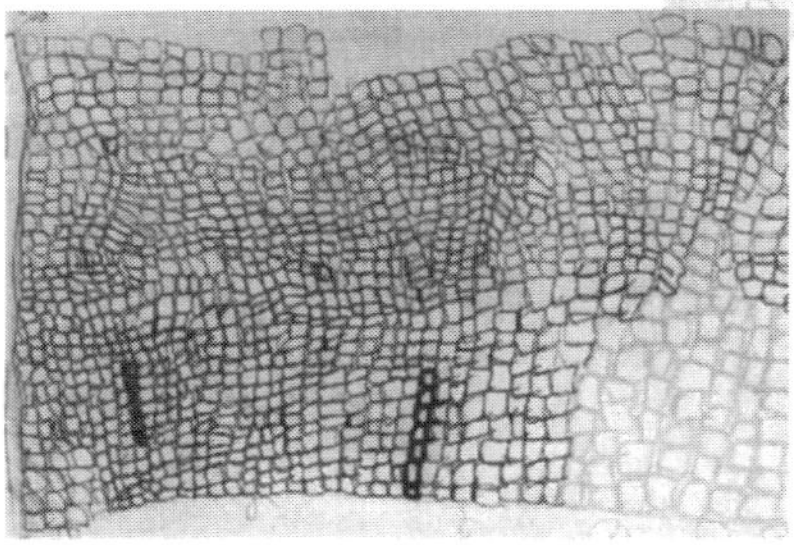

広太の絵は、その時々の感動がそのまま絵になることが多い。一枚一枚の絵に楽しいことうれしいことが込められ、絵を見ていると広太の顔や出来事が思い出される。
気に入ったテーマがあると何枚も描き続けた。特に、「荷物のトラック」は最後まで描き続けていたもので、さまざまなバリエーションがあり、残された絵の数もかなり多い。
「フルーツを載せたトラック」（左上）も荷物を載せたトラックのひとつ。ぶどう、パイナップル、メロンなどフルーツをいっぱい載せたトラックを表している。色彩が、なんともいえずきれいで、天性のものを感じさせる作品。
「水泳」は好きなもののひとつだった。学校のプールや、家族といっしょに行ったプールの絵をよく描いた。（佐代子）

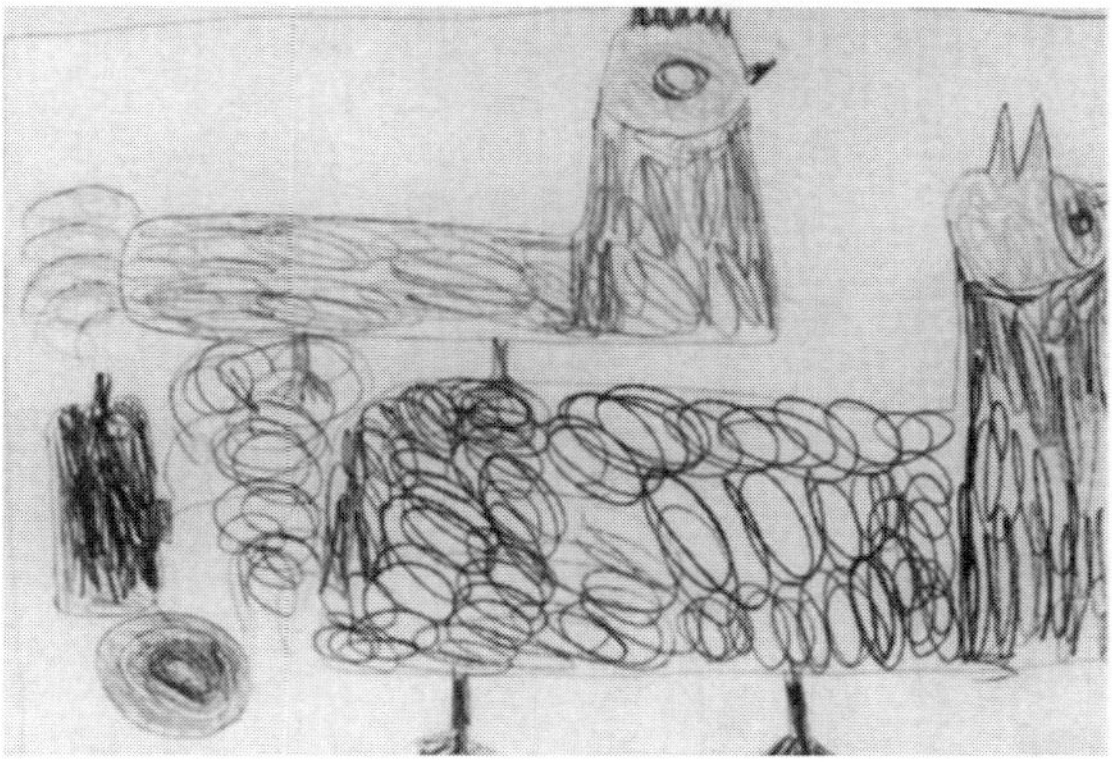

「にわとり」（5年）。
家でチャボを飼ったことがあったので描く素材になったと思う。単純な構図だが線に力がある。（佐代子）

広太の思春期を思わせる作品。人物表現は、それまで中性的だったが、六年生ごろからはっきりと女の子であることがわかるようになった。男の子は広太だろうが、女の子の名前を聞くことはできなかった。（佐代子）

兄を慕う健

広太とは対照的に、健の生育はいたって順調だった。

健は血友病と診断された直後から血液製剤の投与を始め、三歳を迎えるころからは、佐代子が週二、三回、自宅で自己注射を行っていた。しかし、周囲には元気そうに映り、そのことを口にしなければ血友病とはまったくわからなかった。

住んでいた波田町の県営住宅には、小さな公園があり、砂遊びやすべり台、ブランコをしてよく遊び回った。両親も何ら制限することはしなかった。むしろ、あまりにも元気過ぎることがかえって心配のたねだった。

小学校に入ってからも元気そのもの。三年生までは、かぜで数日、休む程度だった。「頑張り屋でまじめ。勉強も運動も一生懸命やっていた」。健が一年生のときの担任だった丸山剛《まるやまつよし》（四十八歳）は、健の様子をこう振り返る。

先生たちには健の血友病のことは知らされており、万一に備えて佐代子がポケットベルを持ち、いつでも連絡できる体勢をとっていた。

「目がぱっちりとしたかわいらしい子で、友達と元気に外で遊んでいた。性格は穏やかで、友達ともめても、すぐ許してあげていた」。二、三年のとき担任だった箕輪《みの》勝枝《わかつえ》（二十七歳）は、そう回想する。

いつだったか、女子児童が「先生、早くお嫁に行かなくちゃ」と心配しているところに、健がにこにこしながらやってきて、「そんなこと心配しなくていいよ。先生みたいに怒ってばかりいる人なんか、だれもお嫁にもらってくれないよ」と言って、うれしそうに逃げていった。すると、クラスからどっと笑いが漏れた。そんなふうに周囲を和ませる子だった。

絵が得意で、漫画を描いては友達に見せたり、ゲームを作って遊んだりすることもよくあった。そして何よりも好きだったのが、ファミコンゲーム。

ところが、このファミコンが原因で、一度、家出をしたことがある。小学三年になったばかりの四月のある日。「借りたら必ず返す」と佐代子と約束していたにもかかわらず、借りたファミコンを友達にまた貸ししたことが発覚。きつくとがめられた健は、お菓子を手に家を飛び出した。しかし、またたく間に空腹になり、途方にくれ、夕方しょんぼりして家に戻った。日記には「ぼくは、いえでを、しました。なぜかというと、お母さんに、すごくしかられました。おかしも、もっていきました。おなかが、すいてたから、おかしを、ぜんぶ食べちゃいました。よるまで、そとに、いるつもりだったけど、やっぱり、うちに、かえることに、しました。お母さんもゆるしてくれた。」とある。健が佐代子からしかられた最大の出来事だった。

佐代子は、広太が通う「言葉の教室」に、健をいつもいっしょに連れていった。知的障害を抱える広太を見て育った健は、ほかの障害児に囲まれても気後れしなかった。

小学生になると、学校の友達と遊ぶ機会が増え、背丈も知識も兄を超えた。が、健は決して広太を疎《うと》んじたり、恥じたりすることはなかった。けんかもよくしたが、健は次第に手加減をするようになっていく。

絵が大好きだった兄弟。広太はよく、健の絵の真似をした。しかし、健は鮮やかな色遣いをする広太に一目置いていた。また、広太は視覚や聴覚が優れ、町のちょっとした風景の変わり様も見逃さず、よく覚えていた。健はそんな点でも、「どこか、兄ちゃんはすごい」と認めていたようだ。

健は二年生のときの日記にこう記した。

「きょう、ぼくとおにいちゃんで、にがおえをかきました。おにいちゃんはぼくのまねをしました。（略）おにいちゃんはすごくよくできました」

「言葉の教室」で、兄弟と接してきた万年康男《まんねんやすお》（三十八歳）は、「健君は広太君を兄貴として尊敬し、決して見下さなかった。それは当たり前のようでも、なかなかできないことです」と感心する。

元気だった健も小学三年の終わりころから、体調を崩し始める。リンゴ病や風疹、肋膜炎《ろくまくえん》などで国立松本病院に入院。それまでが順調だっただけに、両親は一抹の不安を抱いた。

しかし、住宅のすぐわきの路上で、バスケットボールのネットを張って夜遅くまでシュートの練習をしたり、大好きな自転車を友達と乗り回したり、近くの畑でラジコンカーに夢中になったりしている健の姿を見ると、ついその不安も遠のいてしまうのだった。

東保育園運動会（5歳）。

羽田空港にて（5歳）。

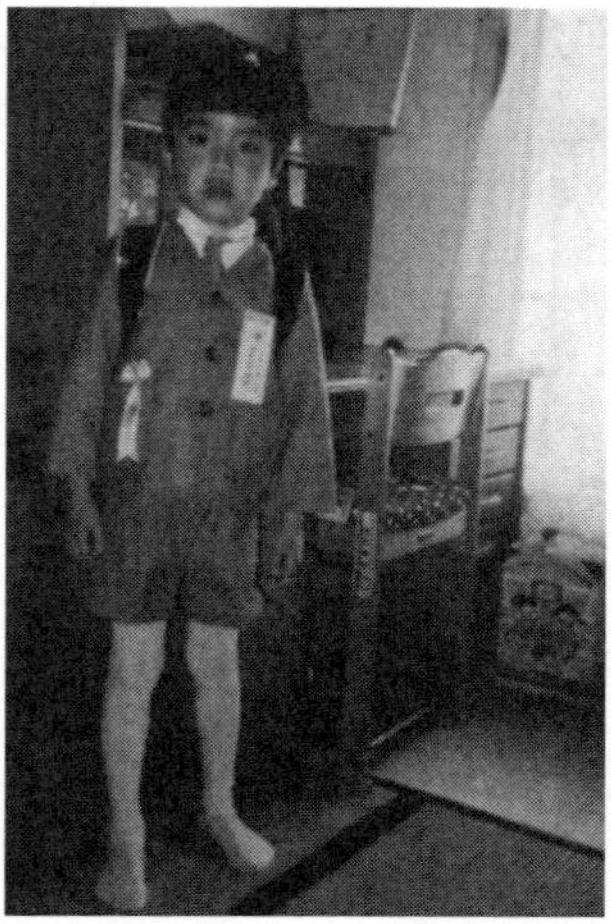

1990年4月、波田小入学。

IAC美術展入選。
健の絵はすいか
（6歳）。

清水高原にて（3年）。

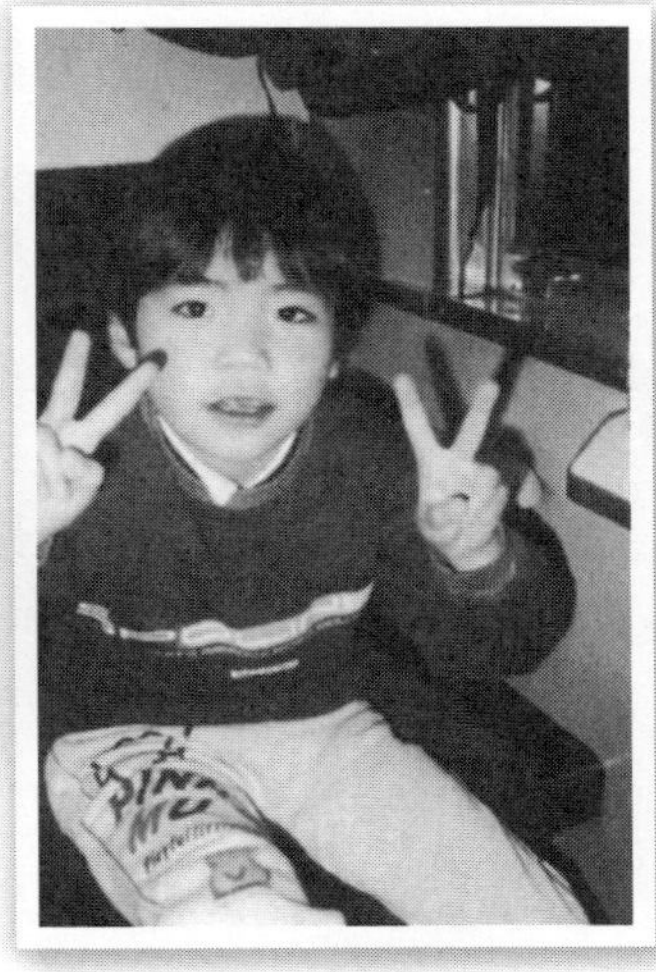

祖父母の家へ（1年）。

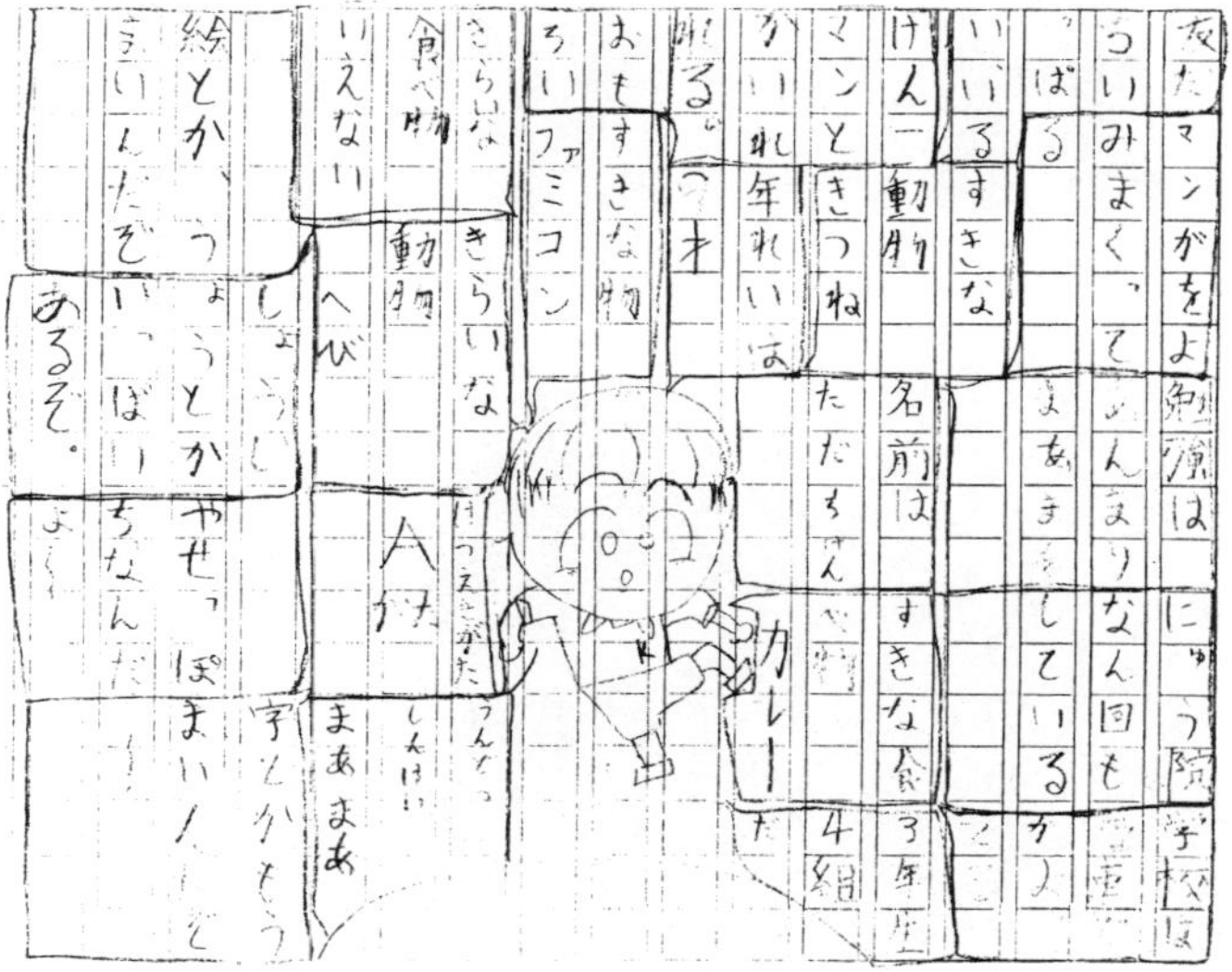

「うしをなでている」（１年）。

「たて笛」（３年）。

「サンタクロース」（３年）。

「海の中」（３年）。

〔名前〕

ぼくの名前

9月4日金曜日（三年）

ぼくの名前は、けん。お母さんたちがつけてくれた名前。けんて言う名前のりゆうは、けんは、健こうのけんって言う字で、お母さんたちは、健こうにそだってほしいと思ってつけてくれた名前です。ぼくの名前は健こう。

名前

6月23日木曜日（四年）

名前は、だれにでもついている物。お父さんや、お母さんがつけてくれた物だ。名前のない人なんか、世界中どこさがしても、ぜったいいない。お父さんや、お母さんが、心をこめて作ってくれた名前だから、みんなそれぞれいい名前にちがいない。ぼくの名前もけっこう、気にいっている。みんな、名前には、意味がちゃんとある。ぼくだって、健康にそだってもらいたいから健って言う名前だ。こんないい名前をつけてくれたお父さんや、お母さんにかんしゃしなくちゃ。

〔兄〕

おにいちゃん

4月17日水曜日（二年）

ぼくの、おにいちゃんは、ぜんぜんゆうことを、きいてくれません。

でも、ときどきゆうことを、きいてくれます。

おにいちゃんは、とてもでん車が、すきです。

とてもおもしろいです。

にんじゃ

4月29日水曜日（二年）

きょう、おにいちゃんと、ぼくで、車の中で、にんじゃを、やりました。

かめのまねをやりました。ぼくは、こうらに、なりました。

おにいちゃんは、ぼくをもち上げてくれました。

うれしかったです。

けんか

6月7日金曜日（二年）

きょう、おにいちゃんと、けんかをしました。

ぼくは、まくらを、どんどんなげました。

にいちゃんは、どんどんつばをかけてきました。

つぎは、おして、パンチして、おにいちゃんが、やめてといいました。

そしてなかなおりしました。

おみやげ

5月14日木曜日（三年）

　今日、にいちゃんが、しゅうがくりょこうからかえってきて、おみやげを、かってきてくれました。そのおみやげは、貝のひょう本です。その中にはひとでと、さくら貝とかほかにも、いろいろあります。東山どうぶつえんのおみやげもあります。

　スプーンと、フォークと、どうぶつのかいた手紙セットです。

「おみやげをかってきてくれてありがとう。」

「サッカー」――後ろに広太がいる（3年）。

【生活】

おとうさん

（一年）

ぼくのおとうさんは、ぼくのねるとこにはいってきて、ぷろれすをやってくれる。

ぼくはうれしい、もっとうれしい。

ばたばたおとがする。

おかあさんがおこる。

おとうさんはめちゃくちゃあそんでくれる。うれしいうんとうんとうれしい。ぼくは、そうゆうおとうさんが、だいすき。

おかあさんがむりしないでいいよと、いうよ、ぼくは、おもしろいといいます。

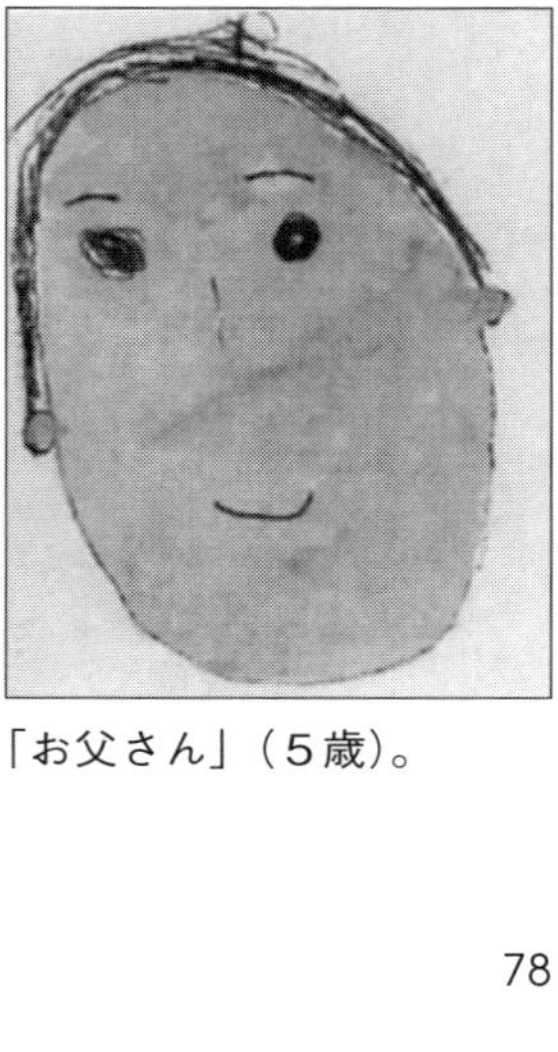

「お父さん」（5歳）。

しゃぶしゃぶ

12月14日火曜日（四年）

今日の夕ご飯は、しゃぶしゃぶでした。ぼくは、肉は大好きで、いっぱい食べようと思っていました。ごまのたれで食べます。ぎゅうと、ぶたの肉をしゃぶしゃぶします。色が、かわった肉から、どんどん食べていきました。

いとこんにゃくも食べました。ぶたは、かんぜんに色が変わらないと食べれないから、ぎゅうばっか食べていました。おいしかったです。

みそラーメン

12月15日水曜日（四年）

今日は、みそラーメンを食べました。きのうは、しゃぶしゃぶ食べたから、今日はさびしくみそラーメンでした。

でもはらはすいていたので、うまいうまいと食べました、ちょっとからかったです。食べているとちゅうで、すごくのどがかわきました。グレープのジュースのみながら食べました。おなかいっぱいになって、よかったです。

長野県東筑摩郡波田町
忠地《タダチ》 健《ケン》(11才)学生6年生

ディスモーニング
「早起き一万円クイズ」係

今、家を建てているのであまりお金がありません。ぼくに 一万円のおこずかいをくださいな。よろしくおねがいします。

「ディスモーニング 一万円クイズ」係

長野県東筑摩郡波田町
忠地《タダチ》 健《ケン》(12才)

今は陶芸にこってます。
お母さんといっしょに
陶芸教室に通っています。
陶芸は、とてもおもしろいです。

これからは寒くなるので
一万円が当たったら、家族で
温泉旅行にでも 行きたいです。
どうか、当てて下さい、
おねがいします。

長野県東筑摩郡波田町
忠地《タダチ》 健《ケン》(11才)
ジェイポップクロスロード 水曜日
父ちゃん早くこしをなおして仕事してくれ—!!

ぼくの心の中の天使と悪ま（一人ごと）

1月10日日曜日（三年）

これぼくほしいなあ。いやっ、まてよ。お母さんが、「かっちゃだめ。」って言う、かのおせいがあるからな。（あくま）「おいっ、けん。お母さんなんかむし、してかごに、いれちゃえよ。」「うん、それもそうだな。」（てんし）「けん。そんな悪いことはかんがえちゃだめだ。」「うん。だけどほしい。」「だったらおこずかいでかうの。」「いや、だまってやったほうがとく。」「だめだめ。」「いいの、いいの。」「まっいいや。おねだりしちゃえ。」

犬語がわかれば

2月14日日曜日（三年）

もしも、犬語がわかれば、「あーあ。おれさまだって、じゆうになりたいぜ。人間は、おれたち、動物を、なんだと思ってんだ。あーあ早く、めしこねえかな。はらへってんだよなあ。もしじゆうだったら、そこらへんの物くってたぜ。神様はんたち、口あけて、ポカンと、たってないでなんとか、してくんなはれ。わしら、犬の命は、どうなるんでっか。わしらの人生っていったい。」だと。ちゃんちゃん。

〔お気に入り〕

絵

7月1日金曜日（五年）

ぼくの一番好きなことは、絵を書くことだ。三度のめしより好きなことだ。

絵がきらいな人も、やっぱりいる。

みんないろいろ好きなことがあるのはあたりまえだ。ぼくは、絵の教室にかよっている。とっても楽しい所だ。

絵は色がないと、とってもさびしい。

やっぱり色をぬらないと、かっこうよくないし、見ためでかっこうわるいことがわかる。やっぱり絵の最後のきめては色だな。

バスケット

10月6日木曜日（五年）

今日、バスケットをやった。ぼくはバスケットが大好きだ。バスケットのプロにあこがれている。だから、毎日シュートの練習をやっている。でも、今日はなかなかうまく、ゴールへ入らない。ちょうしがでない。どんどん、むかついてきて、ボールにやつあたりしてしまった。どうやって入るか、考えてみたが、なかなか思いつかない。

なん回も、シュートしたけどけっきょく入んなかった。

ぼうし

4月11日火曜日（六年）

ぼくのぼうしは今が一番かっこいい。本皮で、今が一番いい色をしている。もっともっと使って、ねんきを入れるつもりだ。いい皮になって、すっごくかっこよくなるだろうなあ。あのぼうしは大人になっても、使うつもりだ。

山に行く時かぶっていくのだ。何年くらいかぶれば、もっとねんきが入るかなあ。大人になったら、もうぼろぼろになっちゃうかもしれない。楽しみだなあ。

忍者

6月26日月曜日（六年）

今、忍者にこっている。ちょうかっこいい。ぼくは、大大大好き。忍者はとても頭がいい。どこかの忍者やしきに行ってみたいと思っている。でもその前に、弟子入りしたいな。忍者のわざとか身につけたいなあ。どこかそういう教えてくれる所はないだろうか。

うちにある、本が忍者の本。とても忍者のことがくわしく書いてあって、おもしろい。まあ、これを読んでしゅぎょうをしよう。

わかば

（四年）

わかばを見ると
むねが晴れ晴れするけど、
ほんとはぼくら子どもも
人間のわかば。
ほら、天が
あんなに晴れ晴れしている。
ぼくらを見下ろして。

友達

6月22日水曜日（五年）

ぼくの友達いっぱいいる。学校に、いっぱいいる。家のまわりにも、いっぱいいる。友達と、いっしょに遊ぶとおもしろいけど、一人ぼっちだと、ぜんぜんおもしろくない。だから、一人ぼっちでいる友達をさそってあげる。その子は、きっとよろこぶにちがいない。やっぱりみんなで、遊ぶのは、サイコーだ。みんなで、遊んだ方がおもしろい。やっぱり、みんなで遊んだ方がおもしろいな。

〔将来〕

将来、マンガ家になる。マンガは、まじめじゃなくて、おもしろいのを、書きたい。ぼくの、読んでる、マンガみたいに、書くことが、夢です。ふざけていないマンガにしたいです。マンガは、絵が大切です。ぼく、まあまあうまいから、いけるかもしれん。字は、ワープロとかでうつのかも。でも、もし、ワープロでやるんだったら、ぼく、うてない。まあ、ワープロで、やるなんて、決まってないんだから、あんしんだ。マンガは、さいしょ、題名だ。かっこわるい題は、やだから、うんと、題名を考えなきゃな。もし、もし、もし、くびになったら、どうしよう。もし、そうだったら、ちがう仕事しようかな。

車

1月9日月曜日（五年）

車を乗るのは子供はまだ早い。18才以上なら車に乗れる。でも、めんきょをとらなきゃ、乗れない。ぼくは、18才までまって車のめんきょをとる。車のめんきょって、とるのがむずかしそうだなあ。勉強ってするのかなあ。ひょうしきならけっこうしっている。それを、たぶん全部おぼえるんだなあ、きっと。早く18才になりたいなあ。めんきょをとったら、お父さんとお母さんを乗せてあげよう。

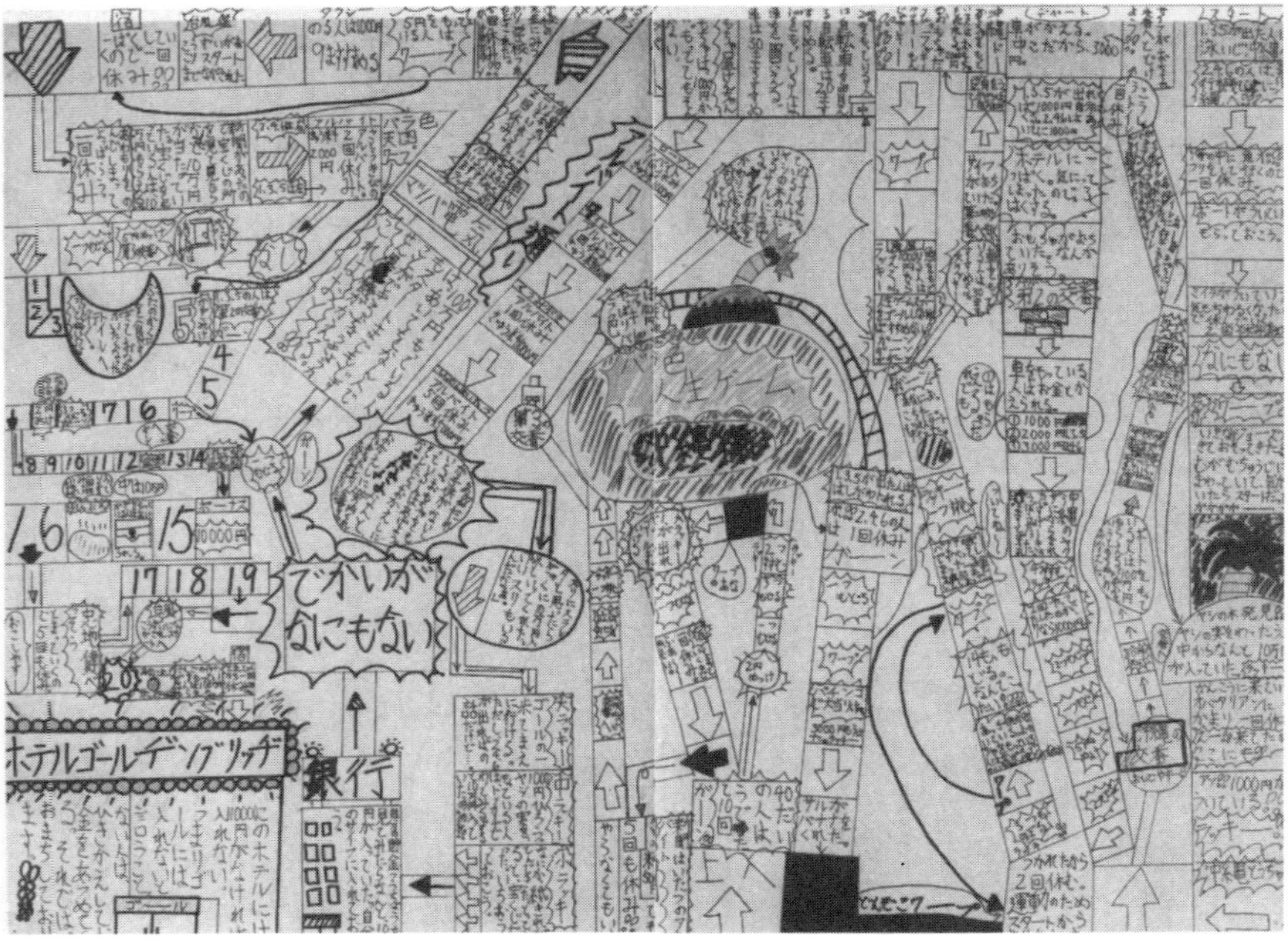

バラ色人生ゲーム（５年）。

広太

一歳前の頭蓋内出血の後遺症で、言葉の発達や知的な面での遅れはあったが、情緒面でも精神面でもゆがんだところは決してなかった。

学校や家庭で、特に問題行動としてとらえてしまっていたことも、それぞれ意味があった。うれしいこと、楽しいこと、悲しいこと、人間だれもが持っている感情の表現がストレートで、表現できない部分を体や行動で表しただけのことだった。ふりかえってみれば、広太ほど人間らしく生きることはなかなかできないと思う。広太の行動をプラス志向でとらえ、かかわった人たちが広太から多くのことを学んだと語ってくれることが何よりうれしい。

広太は、その名のごとく図太く、弱音をはかず、最後まで明るく生きぬいた。

健

兄の広太に手がかかり、健だけに気持ちを傾けることは少なかったように思う。乳飲み児のときから、障害を抱えた親子のグループの中で育ってきた健は、兄が普通の子とは違うと認識してからも、兄を兄として認めた。そんな健は私にとって良き理解者であり協力者であった。

健はそんな親の思いに応えようとしたのか、素直で、親を困らせるようなことは決してしなかった。かといって、人前では少々引っ込み思案なところはあったものの、ごく普通の少年であり、明るく活動的だった。

兄の死後、線が細いと思っていた健は心の深い所で成長していったように思う。五年生ごろより他人に対し大人びた口調で話すようになった。そんな健を見て、達観したような感じがすると言った人がいた。健との会話の中で私自身もそう感ずることがあった。

健はやると決めたことはまじめに取り組み実行した。親の私のほうが、「口ばっかりでなくてやったら」と言われ、「クヨクヨしてもしょうがないでしょ」と諭された。

体調を崩して学校を休むことは多かったが、寝込むほどでないときは、決してボーッとしてはいなかった。雑誌やまんがを読み、FAXやハガキを書いた。

広太の死後、精神的に落ち込んでボーッと過ごしている私を勇気づけたのは、ほかならぬ健の頑張りだった。（佐代子）

【兄弟・家族】

広太３歳・
健１歳。

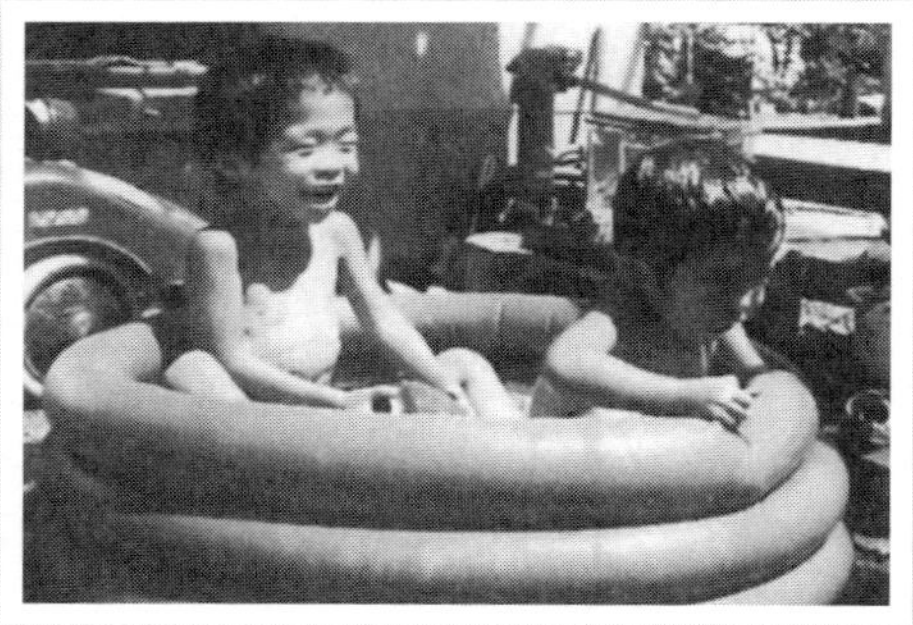

県営住宅の庭にて
（1986 年８月）。

梓川にて
（1987 年）。

波田小１年の広太と３歳の健。

手作りクリスマスケーキの前で（広太６歳、健３歳）。

広太入学の日（1987 年）。

健の七五三（1988 年 11 月）。

知多半島への旅行（1988 年３月）。

広太 11 歳・健 8 歳。

松本御柱にて（1992 年）。

おばあちゃんの誕生日に（1993年 5 月）。

「おじいちゃんとおばあちゃん」（健・小 4）。

第六章
広太の死

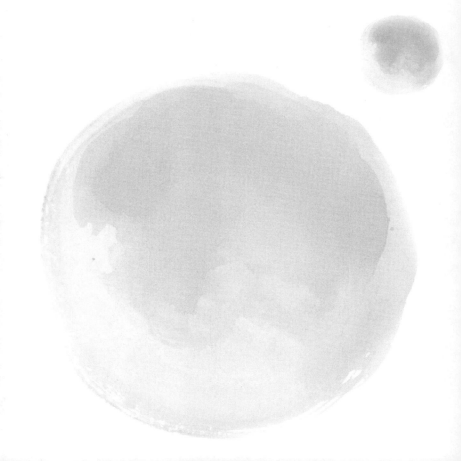

「お母さん……」

佐代子は、大好きな缶コーヒーを買おうとする広太の異変に気づいた。あこがれの中学入学を控えた一九九三年初めのことだ。

自動販売機にコインを入れようとするが、なかなか入らない。

入学してからも異変は続いた。

カバンのフタをしめようとするが、留め金具が穴に入らない。学校の階段から転げ落ちる。自分の下駄箱が探せない広太のために、佐代子は目印を付けてやった。

それでも、場所がわからない。

ＨＩＶ感染によって、視力が低下していたのだ。

中学に入学した当初の四、五月はよく出席したが、その後は、休みがちとなった。

そして六月、広太は、体調が思わしくない健といっしょに東大医科研に入院した。

ベッドで広太は、ラジカセを耳のそばに引き寄せ、大好きなチャゲ＆飛鳥の曲♪ＳＡＹ　ＹＥＳ♪をむさぼるように聞いていた。ラジカセに耳を押し当てる広太くことに気づく。の姿を見て、付き添う道雄と佐代子は、聴力まで低下していることに気づく。

それでも道雄と佐代子は、入学直前に患《わずら》ったはしかの影響で広太は体力が落ちているんだ、まさか死ぬほどのことはないと、楽観していた。

しかし、医師の見解は違った。「もう治療法はない」。すでに、ＨＩＶ感染の影響で脳までも侵されていた。東大医科研からは、病状が悪化していく広太の姿を健に見せるべきではないと、兄弟どちらかの転院を勧められた。

両親は、必ず広太は治ると信じ、七月に広太を地元の国立松本病院に転院させる。点滴と酸素マスクをつけられた広太。時折、手足にけいれんが襲った。健に比べてぷくぷく太っていた広太も、みるみるやせていった。まるで半日ごとに病状が悪化していくようだった。

看病する佐代子は広太を安心させようと、手をとり、後ろに束ねた髪の毛に触らせながら、「お母さんだよ」と呼びかけた。

「お母さん……」。広太はか細く答えた。しばらくして、意識がなくなる。これが最後の言葉となった。

中学の担任の橋詰が、夏休みの終わりに病院へ見舞いに行ったときには、すでに広太の意識はなかった。

「命あるものが、最後の最後まで、必死に呼吸し、体全体で生きている感じだった」。橋詰はそう感じた。

佐代子は、病状が小康状態になった八月中旬、病院から外泊許可を得て家に連れて帰る。東大医科研に入院していたときに「おうちに帰る、おうちに帰る」とだだをこねた広太の姿が忘れられなかったからだ。

一週間分の流動食、吸引器を購入して、少なくも三、四日間は家族だけの時間を過ごす予定だった。

しかし、口のけいれんが悪化したため、家で看病することができなくなり、結局、二日間だけの帰宅となった。

最後の一か月間、広太は意識がなく、死線をさまよい続けた。

一九九三年八月下旬。佐代子は、国立松本病院へと、猛スピードで車を走らせた。病院の道雄から広太の呼吸停止の連絡が入ったからだ。

助手席の健が不安気に尋ねた。

「兄《にー》ブー、死ぬほどの病気じゃないよね」

やや鼻が上向きの広太のことを、健はブタに例えて、兄ブーと呼んでいた。入退院を繰り返す広太の世話を、健は黙々と続けてきていた。車イスを押したり、おしっこを採ったり。けいれんを起こすと、布団にもぐっていつまでもいつまでもさすってあげた。

二度の呼吸停止は乗り越えた広太だったが、三度目の呼吸停止に打ち勝つ体力は残っていなかった。

十三歳の誕生日を三日後に控えた九月二日午前、広太は静かに息を引きとった。穏やかな死に顔を見て佐代子は、「よく頑張ったね」とつぶやいた。

道雄と佐代子には広太と約束をしたことがあった。それは、小学校卒業を記念して、広太が大好きな寝台特急「北斗星《ほくとせい》」に乗り、家族みんなで北海道へ旅行に行くことだった。ところが、直前にはしかで入院。購入してあったチケットは更新に更新を重ねたが、結局、中学校が始まり、旅行は夏まで延期。

東大医科研に入院中の七月七日、佐代子は七夕の短冊に「北斗星に乗って北海道に行くぞ」と書いて、笹につるした。

しかし、この願いはついに天には届かなかった。

道雄と佐代子は、広太の死因を周囲には語らなかった。いや、語れなかった。広太の死から一年以上がたった一九九四年十一月、波田町内で級友や母親らが集まって開かれた広太を偲《しの》ぶ会でも、告白できなかった。

真相を打ち明けることで、健に無理解な差別と偏見が及ぶことを恐れたからだ。

広太へ

広太　今、何やってる？

体もすっかりなおって、元気にとびはねてるかな。

友達もいっぱいかな。

広太が天国へ行ってしまって、健も　母ちゃんも　父ちゃんも淋しくて頭の中が広太のことで、いっぱいだよ。

広太が小さいころはしゃべれなくて「うんうん」だけだったけど、小学校へ入ってからは、だんだん話ができるようになり、五・六年生のころは、うるさいほどしゃべったな。

父ちゃんが、朝、仕事へ行くとき、弁当を持ってきて「おとうさん、いってらっしゃい」って言って、縁側から見送ってくれたな。

今はもうその縁側には、広太の姿は見えない。あの甲高い声でしゃべってた広太の声はもう家の中にはない。

寝台特急「北斗星」に乗って、北海道へ行く間際だったよな。

電車とトラックが大好きだった広太。

父ちゃんも　もっと広太の相手をしてやればよかった。ごめんよ。
広太　天国でおじいちゃんに大切にされ、健とお母さん、じいちゃん、ばあちゃんをしっかり見守っていてくれ。

父より
（寄稿集『広太その笑顔』より）

広太へ

広太、天国で楽しくやってますか。父さんも母さんも健も頑張っています。

そうそう、この間、父さんは、持病の腰痛を悪くして入院しました。

この一年、父さんがどんなに悲しく、淋しく、辛かったか。その分、仕事に少しばかり打ち込んでしまったのだと思います。今度の入院は、きっと、そんな父さんを休ませるための広太からの贈り物だったと思います。今は退院したので、安心してください。

そういえば、このごろ、広太の好きだった♪SAY　YES♪が、ラジオからよく流れてきます。最後の入院となった病院のベッドで、視力も失い、音もだんだん聞こえなくなってしまった耳元に、ラジカセを引っ付けるようにして、何回も何回も聞いていたね。この曲を聞くと、そのときの広太の姿が今でも目に浮かびます。

あの病院での広太の闘いぶりを、母さんは一生忘れない。

学校へ戻ることを願い、ベッドの上で水泳のバタ足の練習をしたね。おもちゃのカツラをつけて「遠山の金さん」の真似をして、先生や看護師さんたちを喜ばせたっけ。

視力を完全になくしてもなお、紙に向かって荷物のトラックの絵を描き続けたね。そして、大好きな電車の本を見続けたね。

何一つ愚痴を言わず、私たちを困らせることも言わず、元気になることを願う一日一日でした。逆に勇気づけられ頑張らなければと励まされたのは母さんたちでした。母さんは、自分の子供ながら、広太の姿を見て本当に頭の下がる思いでした。

自分の力では何も意思表示できなくなってからも懸命に、生き続けたね。「おうちに帰ろう」という約束どおり、外泊許可をもらって、たった二日間だけだったけど、家に帰ることができました。家に帰れたこと、広太は、わかってくれたと思う。

最後の最後まで生きぬいて、それでいてとても穏やかな広太の顔を見て、心から「よく頑張ったね」と言うことができました。

広太から教わったことは、まだまだあります。

入学前は言葉も少なく、この先どうなるだろうと思ったときもあったけれど、持ち前の明るさと素直さで、いつのまにか、いろいろな人たちとお話ができるようになったね。

クラスの友達や、そのお母さんたち、スーパーや本屋さん、そして床屋さん。

広太が立ち寄る所には、いつのまにか、心をかけてくださる人たちが、だんだんと増えていったね。だから母さんは、広太が大きくなって、社会に出ていっても、きっと、みんなに助けられて生きていかれるだろうと思っていました。人と人とがわかり合えるのは、決して「言葉」だけではないと教えてくれたのは、広太です。広太を通してつながった人たちは、今も母さんたちの財産です。どの人も広太の成長を願い、辛いときには支えに、うれしいときにはいっしょに喜んでもらったね。

今、頭の中に、いろいろな思い出が浮かんでいます。

運動会でやった「蜜バチの舞」で、お尻をフリフリするところがとてもかわいくて、あちこちで見てもらったっけ――。かけっこもコースをはずれず楽しそうに最後まで走ったね。いつだったかスキップをしながら走ったときもあったっけ――。

音楽会の♪てんとう虫のサンバ♪では、広太はウッド・ブロックでサンバのリズムを体中で表現したね。音譜通りではないのに、不思議と合ってて、最後にバチッと決めたときには、母さんも先生たちもホッとしたと同時に感動してしまいました。

そうそう、忘れてはいけない六年の修学旅行も楽しかったね。クラスのみんなと、大好きな電車に乗っていろいろな所を見学したね。おふろに入ったり、ワイワイさわいでみんなと寝たね。

中学に入ってすぐ、二年生の修学旅行があり、「広ちゃんは修学旅行いつ行くの?」とみんなに聞いてたね。よっぽど小学校の修学旅行が楽しかったんだね……。

病気で体調の悪いときのほうが多かったけれど、思い出されるのは、ニコニコと、とても良い顔の広太ばかりです。

きっと天国でもみんなと仲良くおだやかに暮らしていることでしょう。

いつの日か広太と逢《あ》える日まで、父さんも母さんも健もそれぞれ頑張ります。

どうぞ、そのときまで見守ってください。ではまた。

母さんより

（寄稿集『広太その笑顔』より）

兄の死

広太が亡くなった九月二日。弔問客があわただしく出入りする自宅の廊下の隅で、健はひざを抱えて泣き続けた。

奇妙なことに、最愛の兄を失ったはずの健は、小学校入学以来、書き続けていた日記には、広太の死についてまったく触れていない。

「だれよりも広太のことを慕っていたはず。いちばん悲しかったのは健じゃないかなと思ったんだけど……」。道雄と佐代子は首をかしげた。

しかし、健は健なりに兄の病状、死を深刻に受け止めていた。そのころ、健自身も口内炎や蕁麻疹《じんましん》がひどく、ほとんどものが食べられない状態だった。これほどになるまで、病状の悪化に拍車をかけたのは、兄を心配してのストレスからだった。

その後、小学四年だった健の様子は変わっていく。それまでの健は、引っ込み思案でおとなしく、泣き虫で、親類からは「神様にみてもらったら」と冗談を言われるほどだった。

ところが、突然、はっきりものを言い、先生や目上の人に対しては「です、ます」調の大人びた口調を使うようになる。自己主張もするようになった。

両親を驚かす出来事もあった。広太が亡くなって半月ほど後に開かれた波田町内の秋祭りで、友達と出かけた健は、お菓子などを買い過ぎてお金が足りなくなり、お宮の裏にある親類の家を訪ねて五百円を借りた。さらに電子レンジまで借り、道雄へのお土産に買ったお好み焼きを温めてもらったというのだ。

「いつも控え目で、人前でものが言えず、目立つことの嫌いな子が、お金を借り、レンジまでお願いしてくるとはとても信じられなかった」と、佐代子は振り返る。

しかし、家では意識してか、兄のことはほとんど口にしなかった。時折、テレビに猿やゴリラが映ると、「あっ、兄ブーが出ている！」とおどけて見せた。

「広太が死んでから、家の中は火が消えたように暗く沈んでいた。健はそんな雰囲気を変えたかったのかな」

佐代子は、寂しさを我慢し、両親を気遣う健のけなげな気持ちを痛いほど察した。時折、広太の冗談を口にする程度で、じっと我慢している様子だった健。そんな健が一度だけ、奇妙な行動をとったことがある。広太が亡くなった翌年の三月、家族で富士急ハイランドで遊び、家に戻る車の中、健は突然、「とっても悲しいよ、悲しいよ」と言って泣きだした。何度も何度も、同じ言葉を繰り返す。家に着いた後も、おかしなことを口走る。佐代子はＨＩＶが脳にまで入ったのではないかと急に不安になった。両親はすぐ、健を東大医科研に連れていき、脳のＣＴ（コ

二人で撮った最後の写真（1993年3月31日）。

ンピューター断層撮影）検査を受けさせた。しかし、診断の結果は異常なし。兄の死の寂しさに耐え切れず、精神不安定な状態になったのかもしれなかった。

両親は、広太にばかり気を配り、そうした健の気持ちをくんでやれなかったことを悔やんだ。

第七章
闘病

冒険

広太の死を境に、小学四年だった健は、口内炎や蕁麻疹、ヘルペスなどで入退院を繰り返すようになる。ＨＩＶによって免疫機能が低下し、ちょっとした病原菌にも感染するようになっていた。

六年生になると、体力は急激に落ち、通学できない日が増える。

学校への出席日数は、一学期が三十日、二学期はわずか二日。

三年生のころまでは、むしろ大きいほうだった体の成長も、四年生でぷつりと止まった。体重は二十八キロ、身長は百三十八センチ。初対面の人からは、三、四年生ぐらいに見られ、「これでも僕、六年生なんです」と、むきになる場面もあった。

欠席する日は増えていったが、両親は学校行事にはできるだけ参加させるようにした。五年生のときには一泊二日の美《うつくし》ヶ《が》原《はら》登山。一日目の夜、熱を出して途中でリタイア。六年生の五月には、東京への修学旅行。本人も楽しみにしており、両親は半月ほど前から学校を休ませ、体調を整えさせた。しかし、訪問先はほとんど行ったことのある場所ばかりで、初めてなのは国会議事堂ぐらい。家に帰ってからも、旅行での出来事をあまり語ろうとしなかった。授業でしおりやパンフレットをアルバムに収める作業があったが、健はその準備すらしようとはしなかった。

旅行から戻ると、健はまた体調を崩す。微熱とだるさから学校を休む日が続き、徐々に遊べなくなっていく。しかし健自身は、学校に通えないということで滅入る様子はなく、自宅では雑誌を読んだり、イラストを描いたり、懸賞クイズに応募したり。体調の良いときは、佐代子と二人でよく近場のドライブを楽しんだ。

修学旅行・横浜港にて（６年）。

学校を休みがちな
５年生ごろ。

保育園時代から仲の良かった古畑潤一《ふるはたじゅんいち》（十四歳）は、何度か健を訪ねては、外遊びに誘ったが、そのたびに、「熱があって」と断られていた。

夏休みを控えたある日の夕方。

健は両親にナイショで潤一を誘う。二人は小雨の降る中、自転車で約五キロ離れた長野自動車道の松本インターチェンジまで出かけた。

学校では、子供だけで町の外へ出ることは禁じられており、二人にとってはささやかな冒険だった。

「今度は松本駅まで行こう」

汗と雨をぬぐいながら、健は潤一にそう提案。二人は約束したが、結局、実現はしなかった。

学校を休み、友達と遊ぶ機会が減っていた健にとっての楽しみは、通信教育だった。五年生の六月から、国語、算数、理科、社会の四教科を受講。月一回のペースで、欠かすことなく提出した。

勉強よりも、添削者の赤ペン先生との〝対話〟を楽しんでいるようだった。

答案の提出は、六年生の八月が最後となったが、その後も、イラストを描いては、投稿欄に送り続けた。

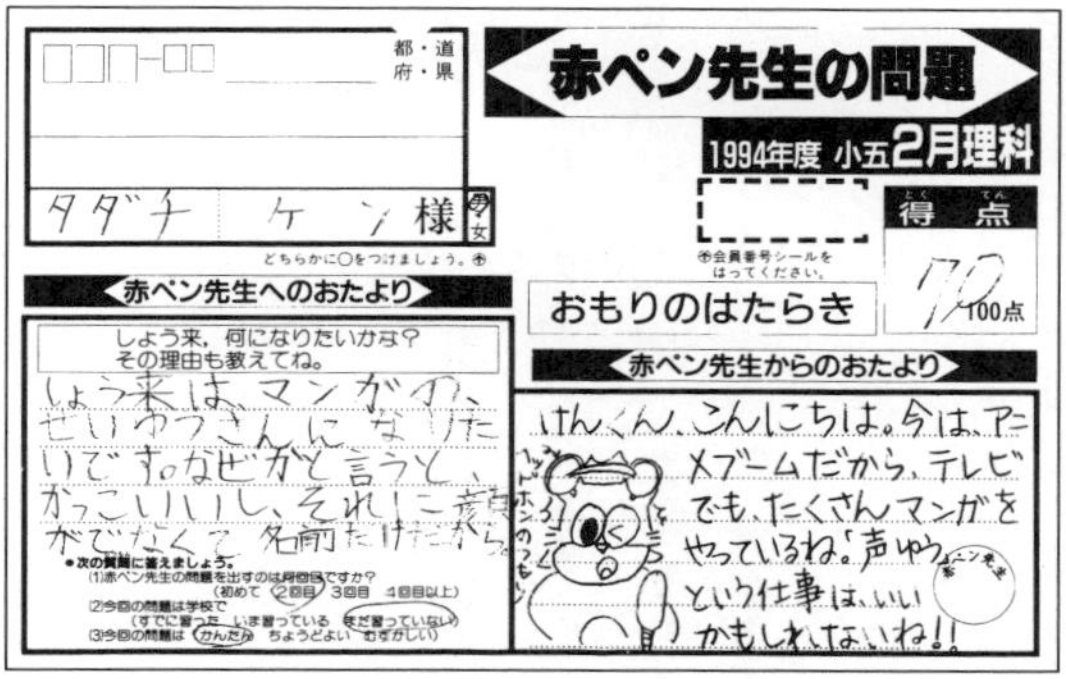

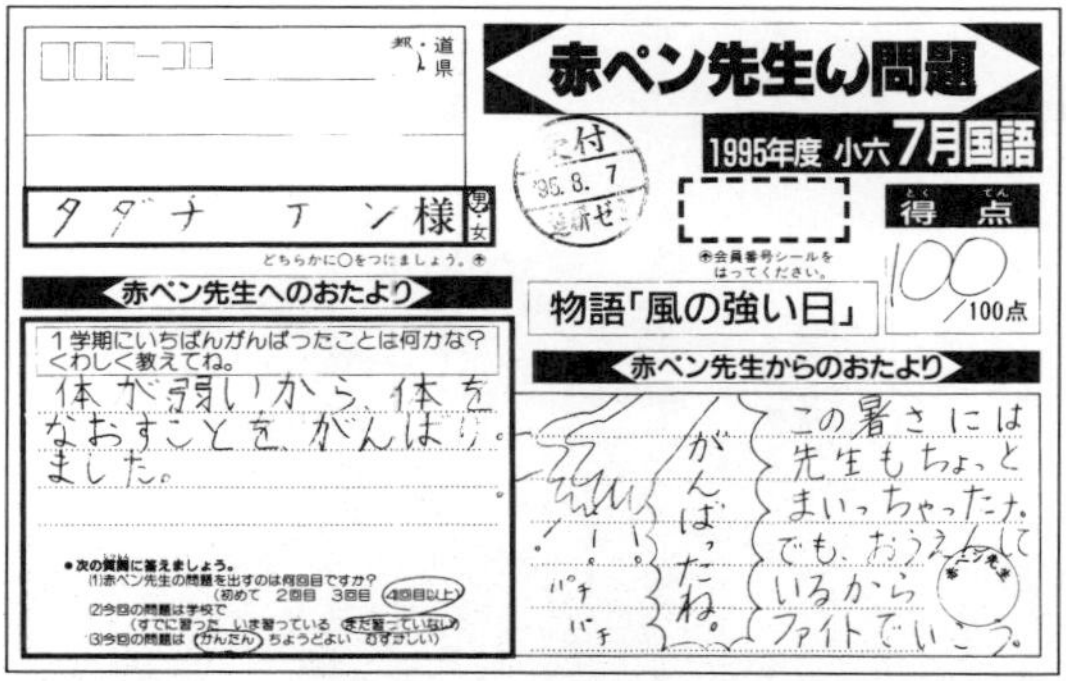

学校を休みがちな健にとって、赤ペン先生との対話が楽しみだった。

インドへ

道雄と佐代子は、絶えず健の死の影におびえていた。

最後の最後まで、絶対、死ぬはずがないと信じきっていた広太が亡くなったからだ。

二人は藁《わら》にもすがる思いで、エイズに効くといわれるものは何でも試みた。食事療法、漢方、お灸《きゅう》、ヨガ……。

一九九三年十二月には、テレビで紹介されたチベット療法を試そうと、インド行きを決意する。佐代子はあまり乗り気ではなかったが、道雄がすっかりその気になっていた。

デリーから車で十二時間。山道を走りきったヒマラヤ山脈の麓に診療所はある。

脈を診て、体の悪いところを調べる療法で、診察の後、症状に応じて調合された

初めてのインド旅行（1994 年 1 月）。

丸い粒の薬を半年分、買い求めた。

帰国後、健は毎日、薬を飲み続けた。両親は、ただ治ることだけを信じた。

薬が切れた半年後の翌年五月、三人は再び薬を求めてインドへ。

この訪問の際、両親は地元のガイドから、「神の化身」として評判のサイババの話を聞いた。道雄は半信半疑ながらも、三度目のインド訪問の際にはサイババを訪ねてみようと密かに心に決めた。

一九九五年二月。三人は三たびインドへ。エイズに効くといわれるペットボトルに入った薬水を六本分購入した。金額は十万円とかなり高価。道雄は、「これを飲ませれば治る」と信じて疑わなかった。いや、もうそれしかないという心境だった。

途中、三人は、サイババに会うため、南インドのプッタパルティへ向かう。バンガロール空港から荒涼とした赤土の大地を北へ約二百キロ。シュトラパティ川に囲まれた岩山の麓にある小さな村。そこにサイババのアシュラム（聖なる建物、廟《びょう》）がある。

サイババのダルシャン（祝福）は朝夕二回。

三人は何千人もの信者らとともにアシュラムの中庭に列をなした。

サイババの霊力を信じていた道雄と健はそれぞれ、「病気を治してください」と英語で書いた手紙を持参した。サイババが手紙を受け取ると、その願いは必ずかなうといわれていた。

信者らは、通路をはさんで、男女別々に分かれる。子供はどちら側でもかまわず、健は道雄といっしょに並んだ。

四回のダルシャンで、サイババは佐代子の近くまでは二、三度来たが、道雄らの所にはまったく近寄ってくる気配がなかった。

滞在最終日の二十八日。ほとんどあきらめかけていた両親に、健が珍しく自分から「きょうも行こう」と言い出した。

唇はヘルペスができてすり切れ、血がにじんでいた。だるそうで、決して体調はよくなかった。「きっと、きょうこそ」。そんな健の意気込みを両親は感じた。

最後の期待をかけた五回目。それまでの経緯から、健はサイババに接する可能性の高い佐代子と並ぶことにした。

サイババは空中から聖なる灰「ビブーティ」を手に取り出し、信者たちの間を回る。そして皮肉にもサイババは道雄の前へ。道雄はその様子に見とれる一方、すかさず手紙を差し出し、受け取ってもらう。

「これで助かった」

儀式後も興奮さめやらぬ道雄とは対照的に、健は寂しそうに押し黙ったまま。

「できることなら、健の手紙を受け取ってもらいたかった。さもなければ、二人とも受け取ってもらわないほうがよかった」

健の寂しそうな姿を見て、佐代子はかえってつらかった。

告知

テレビ画面では、東大医科研で顔見知りになっていた川田龍平が、薬害エイズについて訴えていた。

毎週日曜日の朝、健と佐代子が楽しみにしていたＮＨＫの「週刊こどもニュース」。一九九五年十月十五日は、エイズを特集していた。

突然の場面に、佐代子は戸惑いながらも、「この機会を逃したらチャンスはない」と、健にＨＩＶ感染の事実を告げる。

「健君も龍平兄ちゃんと同じ病気なの。お父さんもお母さんも応援するから頑張ろうね」

健はとっさに笑顔をつくろうとした。が、その顔はこわばり、無言の目には涙が浮かんでいた。

健の脳裏には、治療をしても治すことができず、苦しみながら死んでいくエイズへの恐怖感が横切ったに違いない。さらに、兄の死も、実は自分と同じ病気だったのではないかとの疑念が浮かんでいたかもしれない。

ＨＩＶに感染していることを健に知らせるべきかどうか……。アメリカでは、十歳の子供にさえ告知していると聞く。しかし、日本では大人にさえ告知していない。広太の死後、道雄と佐代子は悩み続け、結局、「まだ、わかる年齢ではない」と、告知は先延ばしにしてきた。

六年生の夏以降、健の病状は悪化の一途をたどる。エイズの末期症状も現れ、感染の事実を隠し続けるのはむずかしくなっていた。

しかし、佐代子は東大医科研の医師から、「体調が下降気味なので、知らせないほうがいい」との忠告を受け、態度がひるんだ。

道雄は面識があった川田龍平に相談した。龍平は「僕は十歳のとき、母から告知されました。今から考えると、早く知らされてよかった。治るか治らないかは気持ちの問題。立ち向かう勇気があれば、免疫力も上がりますから」ときっぱり答えた。

その言葉に勇気づけられた両親は、事実を伝え、いっしょにエイズに立ち向かっていこうと決断する。だが、どう話を切り出したらいいのか……。

佐代子は新聞に掲載されたエイズ特集の記事を切り抜き、いつも持ち歩いていたが、結局、見せずじまいになっていた。きっかけがなかったのだ。

週刊こどもニュースのエイズ特集番組は、両親が告知のきっかけを探していた、まさに、そんな時期の放映だった。

告知した後も、健が小さな胸で苦しみ、エイズの恐怖におびえているかもしれないと思うと、佐代子の心は痛んだ。

十日ほどたってから、健は、ＨＩＶ感染によるサイトメガロウイルス網膜炎で東大医科研に入院。道雄は事実をしっかり話し、励まそうと、健を病院の庭に連れ出した。

「お母さんから聞いたと思うけれど……」

そう話しかけると、健から思いがけない言葉が飛び出した。

「僕、前から知っていたよ」

その言葉に、むしろ道雄のほうが困惑した。チベット療法などを試みにインドを訪れた際、地元の医師らとの会話の中で何度となく口にした「エイズ」という言葉から、健は自分の病状を敏感に感じとっていたのかもしれないと、道雄は思った。

「しっかり治そうな」

「うん」

二人は固く握手を交わしたが、健の表情には生気がなく、うつろな目は恐怖におびえているかのようだった。

この告知以後、健から笑顔が消える。

それまで撮影したスナップ写真では、保育園時代から必ずといっていいほどうれしそうにピースサインをしていた。ところが、告知以後の写真では、表情はこわばり、ピースサインをする姿は二度と見られなかった。

一心不乱

この年の夏過ぎから、健は通っていた松本市内の絵画教室で、インドで会ったサイババの肖像画を描き始める。

毎週一回、一時間半ほどの授業。健はしっかりしたデッサン力で、黙々と八号のキャンバスに、右手を挙げたサイババの上半身を描いていった。

体はやせ細り、体力はなくなっていても、教室で苦しい顔を見せたり、弱音を吐くことは一度もなかった。

「まるで、病気が治るよう、製作に願いを込めているようだった」。指導にあたった野《の》中《なか》秀《しゅう》司《じ》（三十七歳）は、そう感じた。

しかし、病状の悪化で、十二月以降は教室に通うことができなくなり、完成目前の油絵が残った。

好奇心旺盛《おうせい》な健は、絵画教室に通うかたわら、波田町の陶芸やピアノ、ヨガ教室にも通っていた。陶芸教室に通い始めたのは、佐代子からＨＩＶ感染の事実を告げられた半月ほど後のことだ。

学校にほとんど通えなくなっていた健は、梓川村で開かれたろくろ体験製作で、陶芸の面白さに取りつかれ、自分から「習いたい」と言い出した。健は、佐代子の車で五分ほどの、上条京子《かみじょうきょうこ》（四十七歳）が主宰する陶芸教室に通った。

健は、点滴のチューブを腕につけたまま、わき目もふらず、作業に打ち込んだ。死の一か月前、教室で健は、オカリナ作りに熱中していた。ほかの生徒が完成させたオカリナの素朴な音色に魅せられたからだ。

最後の受講となった日も、健は三時間、ずっとオカリナを作り続けていた。「何かにせかされるように、一心不乱に――」。その気迫に、上条は圧倒された。粘土をこねて、形は出来上がった。しかし、音が出ない。何度も何度も吹き口の部分を調整したが、やはり、音は出なかった。

「健君、それは作り直したほうがいいよ」

上条がそう声をかけたとたん、健は手にした未完成のオカリナを握りつぶした。これまで、反抗的な態度をとったことはなかった。初めて見せたその激しさに、上条は、「いらだち」のような感情を読みとった。

教室に健を迎えにいった佐代子も、その光景を目の当たりにし、ショックを受けた。「物をこわしたりするような子ではない。体力的にも、もうオカリナを作り直せないと感じたのかもしれない」。佐代子は、健のいらだちをそう察した。

健は無言のまま、ふらふらの状態で、教室を後にする。

帰宅して、熱を計ると、三十九度九分あった。

健が陶芸教室で作った器。

〔日記より〕

とうきょうのびょういん

10月14日月曜日（二年）

今日、とうきょうに、いきました。とっきゅうでん車で、いきました。
とうきょうにいくまで、3時間かかります。
でん車の中で、おかしを、たべていました。
しんじゅくで、山の手せんに、のりかえました。
目黒で、おりました。
それでから、タクシーで、びょういんまで、のせてってもらいました。
びょういんの、中に、はいって、けつえきけんさを、しました。
そしてから、びょういんの、ちかくにある、せいきょうで、ごはんを、たべました。
ぼくは、コロッケをたべました。
おいしかったです。

びょういん

12月16日月曜日（二年）

今日、びょういんに、行きました。行ったら、びょういんの、食どうで、ごはんを、たべました。

ぼくは、パスタを、食べました。おいしかったです。

食べたら、けんさを、しました。ちょっぴ、いたかったけど、がまんしました。

おくすりを、もらって、かえりました。つかれました。

ちゅうしゃ

7月31日土曜日（四年）

ちゅうしゃは、はりがあるからこわい。はりもさすからよけいこわい。でもいたくないちゅうしゃと、いたいちゅうしゃがある。はりがほそいと、いたくないみたいだ。きいたことがある。

うつ所でも、いたい、いたくないがある。けつえきをとるときのちゅうしゃがある。それが一番いたい。てんてきは、いがいといたくない。でも、ちゅうしゃは子どものきょうふ。

ひさしぶりの学校

3月7日月曜日（四年）

今日ひさしぶりに、学校へ行ってきました。一ケ月休んでいたので、「顔をあわせるだけでいい。」っと、お父さんがいいました。みんなにあうのもひさしぶりだから、いっぱいはなしたり、遊んだりしました。休んでて、勉強をやってなかったから、ぜんぜんわかりませんでした。でも、やっと元気になってこれてよかったです。

だるい

4月17日月曜日（六年）

一日の終わりはだるい。体がつかれてしまう。だから、早くねないと、明日の朝は、つかれがのこってしまう。

だるいのはなぜかなあ。遊びすぎかなあ。お母さんはそう言う。体力がないからかなあ。だったら、いっぱいご飯を食べなきゃいけないなあ。あとはどんなほうほうがあるかな。だるいのはどんな所からなりはじめるのかなあ。

やっぱり、ねぶそくがいけないんだなあ。

第八章

健の死

新居

忠地家は、リンゴ畑が広がる山の斜面に建っている。白壁と格子窓の和風の家。隣接して、二百平方メートルほどの広さの畑が続く。

室内は吹き抜けになっていて、むき出しの太い梁《はり》を見上げることができる。二十畳の板の間には、囲炉裏《いろり》が切られ、薪《まき》ストーブが一つ。屋根裏の十畳ほどの部屋は、健にせがまれて作った「忍者部屋」だ。片隅の扉を開けると、階段を使わず一階へ飛び降りられる半畳ほどの「穴」が開いている。

マンガで知ったのか、忍者が大好きな健。ヨガ教室で忍者の格好をして跳びはねたり、家族といっしょに小布施《おぶせ》町のからくり屋敷を見学に行ったり。新居には、自分の部屋として「忍者部屋」を欲しがった。

道雄と佐代子は、知的障害をもつ広太の将来を心配した。「一般の就職はむずかしいだろう。ゆくゆくは農業をいっしょにやりながら暮らしていける場所を」と、早くから新居のための土地を探し求める。

広太が小学六年生になった一九九二年、数か所の候補地から、「見晴らしもよく、将来も開発される心配がない」と、梓川村の穴沢山《あなさわやま》を選んだ。

広太は、畑仕事をする両親に連れられて、この地を二、三度訪れた。しかし、家を建てる計画は、広太の看病で先送りになっていた。転居の願いがかなわないまま、翌年、広太は亡くなる。

広太の死後しばらく、落胆から新築計画には手がつかなかった。しかし、一か月ほどが過ぎたころ、転居への動きが急になる。

広太を亡くし、健の具合も悪くなる。両親は何か変化を欲したのだ。

「健が中学校に上がるまでには家を建てよう」

道雄は、そう決意する。建築士の資格をもつ道雄は、自ら図面を引き、佐代子は方位や家相の本を読みあさった。

何度も設計を変更した新居の建築工事は、健が小学校の最終学年に進んだ一九九五年の六月に始まった。

着々と進む工事を見ながら、佐代子は畑でナスやキュウリ、トマトなどの野菜を作った。健も手伝って、ラベンダー二百株を植えた。ニンジンの種もまいた。しかし、工事の進捗《しんちょく》とは裏腹に、健の体調は目にみえて悪化していった。

もともと信仰や俗信には無頓着の二人だったが、健の身から少しでも災いを遠ざけられるなら、何でもしようと思った。

工事中も三度、神主を呼んでお祓《はら》いをした。「節分までに」との占いにも従い、翌年一月末、県営住宅から、和室一部屋が完成しただけの未完成の新居に引っ越した。

その日もお祓いをした。しかし、心弾むはずの新居への引っ越しも、健には苦痛だった。夕食後は、すぐに「寝る」と言って床につくほどに疲れきっていた。

健にせがまれて作った「忍者部屋」もある忠地家の新居。

生命のともしび

健は一九九一年七月の東大医科研の初診で、免疫力を示すＣＤ４陽性リンパ球の数（血液一立方ミリメートル中）がすでに二百三十ほどしかなかった。健康な人は千以上ある。

一般に、エイズ治療薬のＡＺＴ（アジトチミジン）やｄｄＩ（ジデオキシノイシン）の投与を始める目安となる五百以下を、はるかに下回る値だ。アメリカでは、二百を割ると発症と定義しているが、それも間近に迫っていた。

ＨＩＶ感染によって免疫力は次第に低下していく。

一九九六年に入ってから健の体調はめっきり悪化していった。四十度近い熱でうなされることが多くなった。何を食べてもすぐに吐いた。今まで、体調は悪くとも食事はできていただけに、道雄と佐代子は不安にかられた。

「もう家では看《み》られない」

二人は二月五日午前三時半ごろ、健を車に乗せて東大医科研に連れて行き、健はそのまま入院。病室のベッドに、やせ細った体を横たえた。

枕元には、地蔵が彫られた丸い石が置かれてあった。道祖神《どうそじん》に興味をもつ健が、小学五年のときに河原で拾った石に刻み込んだもので、東大医科研に行くときは、いつもお守りのようにして持っていった。兄の死後、自分にも忍び寄る死の影を感じとっていたのかもしれない。

健は視神経を侵されていた。母の姿を見ても「あんただれ」と尋ねる健の言葉に、佐代子の悲しみはいっそう増した。

「兄ブーは天国にいるのかな」と兄を思いやっていたのは一年前のこと。それから、坂道をころがる小石のように病状は悪化の一途をたどった。

そして健も今、尽きようとする生命のともしびを燃やし続けていた。

健は、かすむ目で父親を探しながら、静かに「宣言」した。

「僕は天国に行きます」

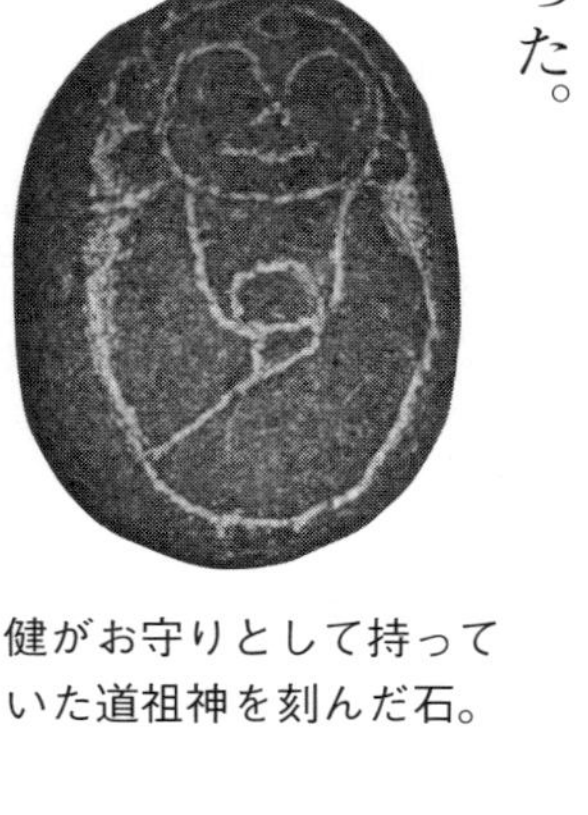

健がお守りとして持っていた道祖神を刻んだ石。

道雄は平静を装いながら、「じゃあ、父ちゃんも母ちゃんも行くからな」と返す。

そんな道雄に健は、諭すように言った。

「それはだめ」

広太が死んでからというもの、健の死におびえ続けてきた道雄と佐代子。健自身が死期を悟っていることを知った。

「健は大丈夫」と自分に言いきかせながらも、ぬぐい切れない不安が、佐代子を親子の会話へとかり立てた。しかし、時折、全身をけいれんが襲い、抗けいれん剤の投薬が続けられた。抗けいれん剤は眠気を誘う。健が眠りから目覚めるのを待って、佐代子はベッドの横で必死に話しかけた。せっかく話ができる大事な時間を奪わないで。眠りを誘う抗けいれん剤は昼間に打たないで……。佐代子は医師に訴えた。

とりとめのない母子の会話。そのやり取りがふっと途切れたとき、健は、佐代子の顔をじっと見つめてつぶやいた。

「お母さん、僕を愛してくれていますか」

広太の看病に追われ、いつも「後回し」になっていた健。広太が亡くなった後も、広太を忘れられず、愛情がすべて健に向けられたわけではなかった。

「愛してるよ。お母さんの宝だもの」

佐代子は、とっさに答えたものの、胸が締めつけられた。

母の愛を生きる糧にしようとするかのような健の「問いかけ」だった。

帰宅

「もう、治療薬はありません」

東大医科研の主治医からそう宣告された道雄と佐代子は、「最期」は自宅で、と健の退院を決意する。点滴のチューブが腕にさされ、「機械で生かされているだけの状態」で、病院で死んでいった広太の不憫《ふびん》さが脳裏から離れなかったからだ。それに、治療の副作用で、これ以上健を苦しませたくなかった。

一九九六年二月十八日、三人は新居へ帰る。「自宅でみとる」という思いとは裏腹に道雄と佐代子は、「きっと助かる」と自らに言い聞かせていた。

西洋医学に見放されたとの思いから、東洋医学にわずかの望みを託し、健に漢方薬などを飲ませた。どんなに苦くても、一切、不平を口にせず、言われたことをきちんと守る健のけなげさに、「頑張れ」とはもう言えなかった。

健は一時、「テレビを見たい」「マンガを描きたい」などと口にし、元気を持ち直したかに見えた。しかし実際、紙と鉛筆を持ってはみたが、マンガを描くだけの力は残っていなかった。

そんな折、通信教育の教材の五月号の表紙に、健の絵が採用されるという朗報が入った。サイトメガロウイルス網膜炎が進行していた一九九五年の十二月に、だるさに耐えながら描き上げた、「中学生ロックバンド」という作品だ。将来は声優か漫画家になりたいと夢見ていた健だが、中学生になったらドラムをたたきたいとの夢も膨らませていた。「中学生ロックバンド」は、四人グループの演奏シーンを描いていた。

「健君。中学生ロックバンドが表紙になるってよ」。佐代子が伝えると、病床の健は、「そりゃ良かった」と喜んだ。

しかし、次第に口の筋肉が硬直し、話すことすらできなくなっていく。本人は必死に話そうとするが、ちゃんとした言葉にならない。じれて「もういい」とあきらめることも……。

食事をしては吐く日々が続いた。ある日、みそ汁を口にして思わず、「うまい」とつぶやいた。これが最後の言葉となる。

その後、健は自分の思いを、佐代子の手のひらに指で字を書いて伝えた。

道雄は健の夢を見ていた。

「点滴とれたよー。治ったよー」

夢の中の健は、喜びいっぱいに、はしゃいでいた。

＊

その日、一九九六年二月二十九日の午前八時。添い寝をしていた佐代子は、健の異変に気づく。

「おかしいわ」

佐代子の叫び声に、健の夢から覚め、起きたばかりの道雄は、居間にかけこんだ。

「健、健……」

両親の呼びかけに、穏やかな顔をした健は反応しなかった。

動かない健の胸を、両親は必死に押し続けた。三十分後、国立松本病院の主治医がかけつけ、脈をとった。

「お気の毒ですが……」

健の名を叫び続ける両親の声が、前日、工事が終わったばかりの新居にこだました。

健の体に残るぬくもりに、あきらめ切れない両親は、火葬を一日延ばす。

カーボン棒を放電させ、その光を体にあてる民間療法を健に施し続けた。

「生き返るかもしれない」

しかし、奇跡は起きなかった。

三月二日午前。健は荼毘《だび》にふされる。

棺《ひつぎ》には、様々な色のサインペンとスケッチブック、いつもかぶっていたお気に入りの赤い野球帽が入れられた。

新居で、健が両親に見守られて過ごしたのはわずか十二日間。将来の夢を描いた「中学生ロックバンド」が表紙の教材も、手にすることはできなかった。

「サイババの奇跡」を信じ、肖像画を描き続けていた健。息を引き取ったのは、運命のいたずらか、道雄がサイババに手紙を手渡したちょうど一年後のことだった。

健、最後の写真——白鳥湖にて（1995年12月）。

「中学生ロックバンド」が表紙の教材。
『My Challenge!』1996年5月号（ベネッセコーポレーション・進研ゼミ）

健へ

健、兄ブーのところへ着いたかー。
健がいなくなって、父ちゃんと母ちゃんはどうすればいいんだ。健は兄ブーが大好きだから逝ってしまったんだな。

健は、最後のころ言ったな。「僕は天国に行くんだ」って。
「そんなら父ちゃんも母ちゃんも行く」と言ったら、
「それはだめ」って言ったな。
この世にいて、何をしろと言うんだ……健。

健がいなくなってからこの一年、酒ばっかり飲んで、また痛風が出たよ。
「おっとう飲み過ぎだよ」っていう声を、聞きたいよ。

健が逝ってしまった次の日にできた健の部屋にいると、ただボケーッとしているだけだったよ。

健が忍者部屋にすると言って、父ちゃんが考えたはしごは、まだ取り付けてないけど、きっと付けるからな。

この新しくできた家に、健は10日しかいなかったけど、今、父ちゃん、母ちゃんだけでは広すぎるよ。

これから先、父ちゃんと母ちゃんの背中を押してな。

逢える日を、楽しみにしているからな。

父より

（遺稿集『ＫＥＮ』より）

健へ

健の書き残した日記や作文を今、読み返しています。とっても楽しくて、その時々の生活や思いが甦《よみがえ》ってきます。でも四年生のときの日記は具合が悪かったり、広ちゃんが亡くなってしまって……。健の日記には、何もそのことが書かれていないね。今少しだけあのころの健の気持ちが、お母さんにもわかるような気がします。

広ちゃんがいなくなって一年ほどたったころ「兄ブーは何で死んじゃったんだろう。生きていれば良かったのに」とポツンと言ったね。あのころのお母さんたちは、広ちゃんのことで頭がいっぱいで、健の心の中まで考えてあげられなかった。健だって、辛くて悲しかったのに。でも健は健なりに兄ちゃんの死を受け止めていたんだなあと、その後の日記で読み取ることができます。本来の明るさと、ひょうきんなんだけど、真面目さが伝わってきます。

お母さんは、広ちゃんが亡くなってしまったことと、健の病気のことで、心の晴れるときがありませんでした。でも健は、よくお母さんを喜ばせてくれたね。健の歌ってくれる♪モスラ♪の歌と、藤島たけおの♪月の法善寺横町♪は、お母さんのお気に入りでした。思いっきり小節をきかせ、しなをつけて歌うしぐさは、思わず拍手してアンコールしたものです。

具合が悪くて、学校を休むことは多かったけど、ラジオやテレビなどにハガキやＦＡＸを送って、いろいろなものを当てて、「やったネ」と喜んだりもしました。お天気の良い日は、「ドライブ行こうよ」と誘ってくれ、郊外の喫茶店やレストランでお茶したり、食事もしたね。それに、いろいろなイベント会場へ出かけ、物色したり、屋台のはしごをしたり……。前向きに生きてきたよね。

そして病気に負けまいと、けなげに辛い治療もしたね。でも、健は天国へ逝ってしまった。お母さんはずっと考えています。「神さま、なぜなの……」と。

健の日記にも、生と死・自分の存在・自然などへの問いがあるけど、天国でその答えは見つけられましたか。今思うと健は、生前に答えを見出していったように思えます。

最後の入院となった東大医科研で「僕は天国に行くんだ」と、お父さんに言ったそうですね。いつだったか「兄ブーは天国にいるかなー」と健に聞かれたときがあったけど、「兄ちゃんは一生懸命生きたからきっと天国にいるよ」ってお母さんは答えたと思う。健が「天国に行く」と言えたのは、「一生懸命生きたよ」と言って、この世に別れを告げたのだと思います。

お母さんには、「僕を愛してくれていますか?」と、重い問いかけをしていったね。「愛しているよ。お母さんの宝だもの」。健はこの答えに満足してくれたのだろうか。

健がいなくなって初めて、健の存在がお父さんとお母さんの命そのものだったことに気づかされました。その命を、お母さんたちは守ることができなかった。健が一九八三年日本に生まれたこと、お父さんとお母さんの子供として生まれたこと、広ちゃんと同じ血友病で生まれたこと、このことは人の力ではどうしようもないことだと思う。でも「なぜなの?」と問う毎日です。

健が大人になったら、お父さんはきっとお酒を飲みながら男同士の話を楽しみにしていたと思う。お母さんは、大人になった健と対等に話をしてみたかったよ。きっと健のほうが上を行くと思うけどね。

亡くなる五か月前、ＨＩＶに感染していることを、龍平君の出ているテレビを通して告げることになったけれど、健はすでに、わかっていたんだよね。告知を受けてからの健は自分の命の限りを感じていたんだろうか。あのころ陶芸に取り組み、力強い作品を残してくれたね。またその陶芸についての作文や、雑誌の表紙になったイラストなど、どれを見ても、不思議とエネルギーを感じるのです。だから健の生命力と奇跡を信じていたのに。

健、お父さんとお母さんに何をしろというの。今は何をしたらいいのか。何をやらなければいけないのか見つかりません。ただ一生懸命生きること。そうしなければ「天国に来ちゃダメ！」という健の声が聞こえます。

健がいなくなってからの夕食は酒のつまみばっかりで、お酒の量も増えてしまいました。健の「困ったもんだね」というあきれ顔が目に浮かびます。「おっとう、おっかあ、いいかげんにしなョ」と時々ブーブーとそちらから、叱ってね。お母さんたちも、もう少しこちらで修行を積んでから行きます。

母より

（遺稿集「KEN」より）

第九章 決意

広太ばかりか、健までも薬害エイズで失った道雄と佐代子は、失意のどん底にいた。怒りと悔恨《かいこん》の中で眠れない日々を過ごす。何もやる気が起こらず、つらくて毎晩、酒を飲んだ。だが、酔えなかった。考えることは、死ぬことばかり。

「本当に自殺しかねない」。二人のあまりの落胆ぶりを心配した仲間たちが、夕方になると食事を持って、様子をうかがいがてらに家を訪れた。

十日ほどして道雄は、「仕事をしているほうが気が紛れる」と、仕事に出かけていく。しかし佐代子は、依然として寝込んだまま。仏壇の遺影を見ては、涙をこぼし続けた。

魂が抜けたようになってしまった佐代子を、道雄は心配して、いっしょに仕事に連れ出した。最初の仕事場は、波田小学校のすぐそばだった。

学校のチャイムが鳴るたびに二人は、広太の就学問題で奔走した日々や、大好きな自転車を乗り回す健の姿が思い浮かび、やりきれない思いになった。

道雄と佐代子は、広太と健がＨＩＶに感染していたことを他人には伏せていた。広太が亡くなったときも、血友病で通した。「事実を話して健がいじめられたら」との不安があったからだ。しかし、気持ちの中には、常に、被害者である自分たちが息を潜め、死んだ理由すら口に出せない社会の偏見、差別への憤りがあった。

広太と健の真の死因を身内の人たちに初めて打ち明けたのは、健の火葬の場であった。そして学校の先生たちには通夜や葬式の席で話した。しかし、それはほんのごく一部の人に限られていた。

「一生懸命生きたのに、『変な病気で死んだらしい』なんていううわさで広太と健の死を汚《けが》したくない。そんな偏見で、二人が隅に追いやられるのは絶対に許せない」

「このまま黙っていたら、ただの病死になってしまう。こんな理不尽なことはない。二人は薬害で死んだのだ、殺されたのだ」

「自分たちが泣き寝入りしたら、こんな悲劇を起こした人たちは、責任を真剣に考えない。また、同じ過ちが繰り返される」

広太や健のことを思い浮かべると、歯がゆい憤りが次々とこみあげてきた。道雄と佐代子は「二人が味わった苦しみに比べれば、事実を語る不安などちっぽけなもの」と、真相を語る決意をする。

最初は、ごく親しい、信頼できる人たちに話をした。

息子たちが薬害エイズの犠牲で死んだこと、最後まで前向きに生きたことを。

半月後の健の卒業式には、クラスメートにも真相を話すつもりでいた。

ところが、そんな折、「健君と同じクラスの子はみな血液検査をしたほうがいいんじゃないかしらと、ある母親が言っている」という話を耳にした。

「こんな身近な人たちにすら理解してもらえない」

覚悟していたはずの偏見が、道雄と佐代子の気持ちを大きくひるませ、クラスメートへの話の計画は頓挫《とんざ》してしまった。

それから半年近くたった八月十日。やや暗い気持ちになっていた二人は、「ジョナサン君とともにエイズを学ぶ子供実行委員会」が主催した静岡県・朝霧《あさぎり》高原でのサマーキャンプに招かれ、小学生から高校生までの約二十人を前に講演をした。子供たちに話をするのは初めてのことだった。

二人は息子たちの死の真相を語る決意をしたときから、まずは広太と健の同級生、そしてこれからの未来を担う子供たちに語りたいと希望していた。

真剣な表情で、話に聞き入る子供たち。質疑応答では、活発な意見が飛び交った。講演後、子供たちからは「何より怖いと思ったのは、『知らないこと』でした。薬害エイズを多くの人に詳しく教えていく必要があると思いました」、「ＨＩＶ感染者の家族の話を聞いたことがなかったので、すごく心にくるものがありました」などの感想文が寄せられた。二人は、語って良かったと、このとき初めて実感した。

その後も、県内外の養護学校の先生や保健師、看護師らから講演の依頼が届き、二人は精力的に語って回る。しかし、心の底には「早く広太と健の同級生に」との思いが募っていた。

周囲の反応

「広太と健の病気は薬害エイズでした。今まで黙っていて申しわけありません」

道雄は一言一言、言葉を選び、かみしめるように語り始めた。

佐代子は涙声で訴える。

「もはや失うものはありません。なぜ、偏見や差別が生まれるのか。みなさん、一人ひとりに考えていってもらいたい」

健の死から八か月ほど過ぎた一九九六年十月十二日、波田町の公民館に集まった広太と健の同級生ら約九十人を前に、両親は息子たちの死の真相を打ち明けた。

会場の子供たちは目頭を抑えながら、両親の話に聞き入った。

道雄は話し終えると、きっぱりと言い切った。

「話してよかった。勇気づけられました。これで、生きていけると思います」

両親の悲しみは、ほかの子供たちにも引き継がれていく。

「エイズをテーマに取り上げてみようじゃないか」

三郷《みさと》村立三郷中学校の一九九六年十月の文化祭。井出勝正《いでかつまさ》（四十六歳）は、当時受け持ちの三年三組の学級展示の出し物にエイズ問題を提案した。

井出の中学生になる次男は、生まれたとき黄疸《おうだん》がひどく、血液の成分を一部取り換える「血漿交換《けっしょう》」をした経験をもつ。ちょうど非加熱の血液製剤が流通していた時期で、一歩間違えば、自分たちも当事者になっていたとの思いが井出にはあった。それだけに、薬害エイズ事件は他人事《ひとごと》とは思えず、強い関心があり、忠地夫妻とも交流があった。

しかし、井出の意気込みや期待とは裏腹に、生徒たちの反応は鈍かった。

「テーマが暗くて、まじめ過ぎる。面白くない」

「エイズなんて海の向こうの話。僕たちとは関係ない」

消極的な意見が次々と出され、井出の提案はたち消えそうになった。が、生徒たち自身にしても、ある程度まで別のテーマに決まっていたものの、準備は進んでいなかった。

結局、井出の熱意に押された格好で、テーマは「エイズについて」に変更された。

当初、乗り気でなかった生徒たちも、忠地夫妻ら薬害エイズ禍《か》の遺族に会って取材を重ねるうちに目の色が変わっていく。

「こんな身近に、しかも私たちと同じ年代の子供たちが犠牲になっているなんて」

悲しみや同情のほかに、いい知れない憤りが沸いてきた。

文化祭では、いずれも十二歳で亡くなった県内の四人の子供たちを取り上げ、遺品を展示した。健の描いたサイババの肖像画や自画像、広太のトラックの絵など。HIV訴訟の裁判で原告番号38番と呼ばれた、長野県上田市に住むトラック運転手・池田今朝仁《いけだけさじ》（五十三歳）の一人息子、幸博《ゆきひろ》が乗っていた自転車もあった。

HIV感染者への連帯、差別への抵抗を示すレッドリボンを胸につけた生徒たちは、「エイズに理解を」と裁判支援のカンパや署名を募った。みな、他人に言われてではなく、自発的に活動した。そして、生徒らは、薬害エイズで思春期を、青春を奪われた四人の少年に捧げるため、谷川俊太郎《たにかわしゅんたろう》の詩「春に」を合唱した。

文化祭の後、道雄と佐代子は三郷中で、三年生の生徒ら三百人を前に、親の気持ちを率直に語った。

「無関心であることが、差別や偏見に手を貸すことになっています」

その一言は、多くの生徒や教諭らの心に深く突き刺さった。

「文化祭で本格的にエイズ問題に取り組むまで、エイズにまったく関心がなかった。なんの罪もないのに、薬害で亡くなった人が身近にいると知り、驚きと憤りを感じた。あのクラスで学ばなかったら、忠地さんに会わなかったら、薬害エイズの現実を知らないまま卒業していたし、関心ももたなかっただろう」

生徒の一人、福井翔平《ふくいしょうへい》（十五歳）はそう振り返る。

また、西野亜紀《にしのあき》（同）は、「大人になってからではエイズへの偏見をなくすのはむずかしいので、純真な気持ちで物事を受け入れられるこの時期に取り組むことができて本当によかった」と話す。

生徒会長だった原和弘《はらかずひろ》（同）は、「僕自身はエイズというものを正しく理解せずに軽蔑的な気持ちをもっていた。忠地さんの話、文化祭を通じて、なりたくてなったのではない『薬害エイズ』というものを初めて知った」と、エイズを正面から受け止めることの必要性を実感した。

道雄と佐代子が投げかけた言葉が、周囲の意識を少しずつ変えていった。

春に

谷川俊太郎　作詞

この気もちはなんだろう
目に見えないエネルギーの流れが
大地からあしのうらを伝わって
ぼくの腹へ胸へそうしてのどへ
声にならないさけびとなってこみあげる
この気もちはなんだろう
枝の先のふくらんだ新芽が心をつつく
よろこびだ　しかしかなしみでもある
いらだちだ　しかもやすらぎがある
あこがれだ　そしていかりがかくれている
心のダムにせきとめられ
よどみ渦まきせめぎあい

いまあふれようとする
この気もちはなんだろう
あの空のあの青に手をひたしたい
まだ会ったことのないすべての人と
会ってみたい話してみたい
あしたとあさってが一度にくるといい
ぼくはもどかしい
地平線のかなたへと歩きつづけたい
そのくせこの草の上でじっとしていたい
＊大声でだれかを呼びたい
　そのくせひとりで黙っていたい＊
この気もちはなんだろう

＊〜＊は作曲の際、省略した

薬害エイズをテーマにした三郷中学校3年3組の学級展示（1996年10月）。

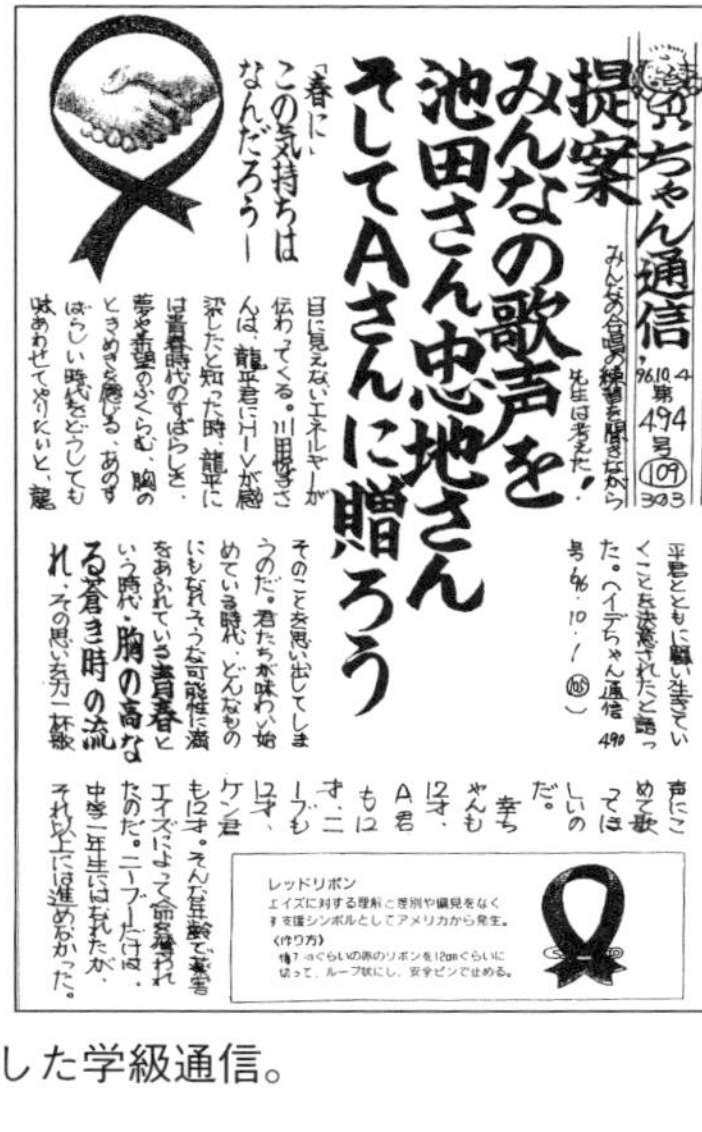

○ちゃん通信 '96.10.4 第494号 (109) 3の3

提案 みんなの歌声を 池田さん忠地さん そしてAさんに贈ろう

みんなの合唱の練習を聞きながら先生は考えた！

目に見えないエネルギーが伝わってくる。川田悦子さんは、龍平君にHIVが感染したと知った時、龍平には青春時代のすばらしさ、夢や希望のふくらむ、胸のときめきを感じる、あのすばらしい時代をどうしても味あわせてやりたいと、龍平君とともに闘い生きていくことを決意されたと語った。（イデちゃん通信490号96・10・1 (105)）

「春に」この気持ちはなんだろう—

そのことを思い出してしまうのだ。君たちが味わい始めている時代、どんなものにもなれそうな可能性に満ちあふれている青春という時代・胸の高なる蒼き時の流れ。その思いを力一杯声にこめて歌ってほしいのだ。

幸ちゃんも12才、A君も11才、ニーブーも12才、ケン君も12才。そんな年齢で薬害エイズによって命を奪われたのだ。ニーブーだけは中学一年生にはなれたが、それ以上には進めなかった。

レッドリボン
エイズに対する理解と差別や偏見をなくす支援シンボルとしてアメリカから発生。
〈作り方〉
幅7㎜ぐらいの赤のリボンを12㎝ぐらいに切って、ループ状にし、安全ピンで止める。

○ちゃん通信 '96.10.14 第496号 (111) 3の3

3組学級展示コンテストで最優秀賞に 合唱は今ひとつだったが 赤いリボンを胸に歌ったよ

いなほ祭終わる。。

第44回「いなほ」祭は、涙と感動の中でその幕を閉じた。みんなの感想は、これから紹介するとして、10・11日の先生の感動の余韻を紹介しておこう。

・第一に
三年生は良くやったと思う。生徒会役員のみなさんごくろうさんでした。

・第二に
三年生のそれぞれのクラスが大きな賞に輝いたこと。もちろん大きな賞が一、二年にいっても仕方がないこともあるが、それでもやっぱりそうなったらくやしい。それがみんな三年生の頭上に輝いたのでうれしかった。一日経ち二日経ちしているうちに、益々そのうれしさがこみあげてくる。

3組は三年間のエイズ学習のまとめとしての学級展示をやった。先生もいい出したものの、細かな面倒をみられなかったが—先生は協力者会のテーマ塔とかステージの背景造りで手一杯だったのだ—、それぞれの部門できちんとまとめ展示してくれたおかげですばらしいできばえとなった。

しかも、その3組の努力を全校のみんながみとめてくれたのだ。なんせ全校投票で学級展示最優秀になったのだから。（これ内緒の話だけれど、合唱がだめなら、せめて学級展示では賞をとりたい。それもさすが三年生というやつでと先生はひそかに大賞を狙っていたんだ。だから実は、君たち以上にうれしかった。）先生の知り合いの生徒から三年生は勿論、二年生でも一年生でも、「先生、三組の展示よかったよ。」とか「感動しました。」「先生、僕は感激したからね。」などいわれ、ひょっとしたらこいつはいけるかもとも思った。でも小室ファミリーなど芸能部門に勝てるかなァという不安もあった。原会長の発表、本当にうれしかったのだ。

文化祭の学級展示の様子などを紹介した学級通信。

陶芸教室の上条京子は、健の病気の事実はおろか、亡くなったことさえも知らずにいた。そして、あの日、オカリナを完成できなかった健の姿が脳裏から離れなかった。「びっくりさせてやろう」。上条は、こっそりオカリナを完成させて健がやってくるのを待った。しかし、いらだちの表情を見せたあの日以来、健はついに姿を現さなかった。

佐代子から悲報を知らされたのは、健の死後一か月半ほどたってからのことだった。

「オカリナ作りをしっかり教えてあげたかった……」

上条はその後、その後悔を胸にオカリナを作り続けた。それが、いつしか、猫やゾウ、モグラなどユニークな動物の形をした陶器の笛「陶笛《とうぶえ》」に変化していった。

「健君がアイディアを吹き込んでくれるみたい」と上条は思った。

健のオカリナ作りの意志を継いだともいうべき約三百点の「陶笛」は、一九九七年一月、明科町《あかしなまち》中川手《なかかわて》のギャラリーに並んだ。

「健君もこの会場に来て、見てくれているはず」

上条には健が喜んでいる様子が見えるようだった。陶笛は、天国にいる健への鎮魂歌を低く優しく奏でた。

第十章
責任

質問状

非加熱血液製剤の危険性は察知できなかったのか。二人の息子をなぜ死なせなければならなかったのか――。健の死から半月余りが過ぎ、冷静さを取り戻した道雄と佐代子の脳裏には、さまざまな疑問が浮かんだ。

二人は、三月十八日付けで、手書きの質問状を国立松本病院に送る。

三か月後の一九九六年六月下旬、病院から届けられた回答書を見て、佐代子は目を疑った。

そこに記されていた広太と健のＨＩＶ感染の告知の時期が、自分の記憶よりもかなり早かったからだ。両者に食い違いのあることを、このとき、初めて知った。

しかも、治療方針や経過は、佐代子がすべて承知しているはずと書かれてあった。

二人は混乱した。主治医への不信感が一気に膨らんだ。

広太と健が診察を受けた国立松本病院の主治医（六十一歳）によると、兄弟のＨＩＶ感染を告知したのは、広太については「一九八六年六月二十一日午前九時ごろ、小児科外来の診察室で」、健は「検査結果の出た一九八九年六月二十六日から間もないころで、病院内のＣＴ室かどこか、人気のない所」。ともに佐代子一人に伝えたことになっている。

ところが、佐代子の記憶は異なる。主治医から感染の告知を受けたのは、「広太は一九九〇年春、小児科外来の診察室で、健はその年の夏に病院の廊下で」。

一九八九年四月にはエイズの不安など微塵《みじん》もなく、一家でピースボートの船旅を楽しんだし、広太のときから間もなくの健の告知の際、「プールで鼻血を出したらどうすればいいでしょうか」と、主治医に尋ねた記憶があるからだ。

「本当に主治医の言うように、自分の記憶より早く子供たちのＨＩＶ感染を知らされていれ

広太と健が治療を受けていた国立松本病院。

ば、その間に何か自分たちでできたかもしれない」

広太の四年、健の一年。告知時期の食い違いによる、取り返しのつかないこの空白の時間が、佐代子には悔やんでも悔やみきれない。

四年の時間があったら、一年前に知っていたら――。

別の医療機関で、エイズの先端治療を受けさせることができたかもしれない。主治医といっしょに治療を頑張ろう、という気持ちになっていたかもしれない。たとえ死ぬ時期は同じであったとしても。

「(佐代子が告知を受けたとする)一九九〇年より前に、お母さんに理解してもらってエイズの発症予防薬を出しています。今までずっとお母さんは協力的だったのに、なぜ、私から告知を聞いていないなどと言い出したのかわかりません。告知時期はカルテなどにもきちんと書かれています」

主治医はそう断言する。

血友病患者へのＨＩＶ感染が騒がれ始めた一九八六年当時、県内の医療機関の小児科は、周囲からの偏見にさらされる危険性を考慮して、感染を告知することは稀《まれ》だった。

しかし、この点に対して主治医は、「佐代子さんは看護師の経験があるので、何も隠すことはないと思ったのです」と説明する。

佐代子は、「仮に私が思い違いをしていて、先生が告げたという時期に告知があったとしても、患者側に伝わらない告知なんて意味がない」と反論する。さらに、「子供の問題ばかりではない。加熱製剤に切り替わった後とはいえ、自己注射で二、三回、針刺し事故を経験した。知らないうちに、私たちが二次感染する危険性もあった。もし、二次感染していたら、先生はどう責任をとるのだろうか」

主治医と両親の主張は平行線をたどったまま。埋めることのできない「空白の時間」は、そのまま主治医への不信感となって、心にしこりを残した。

「直接会って、真意を確かめてみよう。このままでは、子供たちが浮かばれない」

面会を申し入れると、病院側は一時間だけとの条件付きで応じた。

八月七日。自らも血友病患者であり、東京ＨＩＶ訴訟原告弁護団の事務局次長を務める弁護士の保田行雄《やすだゆくお》（四十五歳）に付き添いをお願いして三人で病院を訪れた。

病院の応接室には、病院長と主治医、医事課長が待っていた。道雄と佐代子は健が死んでから主治医と顔を合わせるのは初めてだった。

「広太の告知は一九九〇年春。四年も前じゃない」

佐代子は説明を求めた。

「それはお母さんの記憶違いです。感染がわかった時点で、はっきりと伝えました。告知の遅れはありません」

非加熱血液製剤の危険性の認識についても、「厚生省から認可された薬で、製薬会社からも危険があるとの情報提供はなかった。ＨＩＶ感染の危険性など予想できなかった」と言い切った。

さらに、両親の疑念を深めさせたのが健の感染時期だ。病院側の回答では、健は加熱血液製剤に切り替えられた後の一九八七、八八年の検査では陰性だったのに、その後、陽性化したことも初めて明らかにしていた。

「どうして」と、食い下がる両親の問いかけに、主治医は「感染しても検査結果に現れないサイレントエイズだったかもしれない。原因はよくわからない」と答えた。

その回答に、道雄と佐代子は納得できなかった。

「何を聞いてもむなしさが残るだけ」

主治医と面会する前に道雄が予想していた通りの結果だった。保田も、医師側のあいまいな対応姿勢に憤りを感じた。

真相は依然、薮《やぶ》の中。そして、主治医から二人への謝罪の言葉は、ついに一言も聞かれなかった。

広太と健の死を、主治医はどう受け止めているのだろうか。二人は主治医の医師としてのモラルを疑った。

帰り際、院長が口を開いた。

「申しわけありません」

そのつぶやくような小声は、佐代子にしか聞こえなかった。

「私たち末端の医師は情報が乏しく、その割にはよくやったと満足しています。広太君と健君の死は、いわば不可抗力。ＨＩＶ感染の危険性は予知できなかったことなので、忠地さんに謝罪する気持ちはまったくありません」

国立松本病院の主治医はそう言い切る。しかし、道雄と佐代子は納得できない。

「医師の判断で使った製剤が、結果的に広太と健を死に追いやったことは紛れもない事実。どうしてその死に、医師としての道義的責任を感じないのだろうか」

両親の目は、国や製薬会社だけでなく、実際に息子たちの診療に携わった現場の医師たちの責任追及へと向けられていった。

「患者の中には、忠地さんと同様、現場医師への怒りがくすぶり続けている」

弁護士の保田は、内情を打ち明ける。

「怒りは国や厚生省、製薬会社よりも、むしろこれだけの事件を起こしていながら誠実さに欠けた医師たちに向けられている。被害拡大を防止できなかった医師の責任は大きい。一九八三年ごろには、外国の医学雑誌だけでなく、新聞や週刊誌でも非加熱の血液製剤の危険性が指摘されており、医師はもっと前向きに検討すべきだった。医師たちには、血友病患者のＨＩＶ感染は国と製薬会社が引き起こした薬害だとの意識しかなく、自分たちの責任についてはまったく考えていない」

さらに保田は続ける。

「今からでも遅くはない。医師は謝罪し、患者との関係に新たな出発点を築くべきだ。死から逃れられない患者が、いまだ二千人もいることの重みを感じてほしい。逮捕された前帝京大学副学長の安部英*を、被害者たちは自分たちの主治医の象徴として見ている」

一九八〇年代、信州大学医学部付属病院で内科医を務めていた斉藤博《さいとうひろし》（四十七歳）（現・長野赤十字病院第三内科部長）は、自らの手で薬害エイズ患者を出した事実に悩み続けている。

「どうして感染させてしまったのかと自問しても、ターニングポイントが見つからない。それが自分の責任を実感しにくくさせている」と告白する。

しかし、「患者の目の前にいた医師を、被害者がいちばんかかわりがあったと思うのは当然」として、「薬害に気づいたとき、医師は自ら真実を追及すべきだった。患者の声に耳を傾けようとしなかった医師の傲慢《ごうまん》さこそが、加害者だった」と、医師の姿勢に矛先を向ける。

一九九一年六月、東京ＨＩＶ訴訟の証人尋問。

厚生省の血液製剤問題小委員会の委員を務めた聖マリアンナ医科大学病院副院長の山田兼雄《やまだかねお》（六十九歳）は、「私を含めた医師がいちばん愚かでした。こういう事態になったとき、医師がいちばん社会的な問題を考えなければならなかったと深く反省しています」と、公の場で初めて医師の責任を認めた。

しかし、現場の医師たちの間には、「非加熱血液製剤の危険性を知らされないまま、患者に投与しただけ。自分たちも被害者だ」とする声は依然、根強い。

そうした声に接するたびに、道雄と佐代子はやりきれなくなる。

「自分たちも被害者というのなら、なんで医師自身が真相究明に立ち上がろうとしないのか。医師の責任を明確にしないと、薬害エイズの構図は半分しか見えてこない」

二人は、主治医の責任を追及し続けるつもりだ。同じ境遇の人たちが、声を上げてくれることを願いながら。

＊安部英氏は血友病治療の権威として知られ、非加熱血液製剤の投与で患者のＨＩＶ感染を予見できたのに投与を続けて死亡させたとして、一九九六年に起訴されたが、東京地裁で無罪判決を受けた。検察側が控訴したが、安部氏は二〇〇五年に死亡した。

未提訴

健が死んでちょうど一か月後の一九九六年三月二十九日、ＨＩＶ訴訟は東京と大阪で、最初の和解をみた。

提訴から六年十一か月。六日に一人の割合で命が奪われていく中、差別や偏見と闘いながら続けられてきた「生きるための裁判」だった。

和解内容は、国や製薬会社が責任を認め、被害者におわびした上で、原告一人あたり四千五百万円の和解金を支払うことなどを柱としていた。原告百十八人の実質的勝訴だった。

道雄と佐代子も、裁判に加わるように再三、誘われていた。しかし、提訴はしなかった。

二人は最初から裁判を考えなかったわけではない。健の死をきっかけに、佐代子の気持ちは提訴へと傾いた。

ところが、それを押しとどめたのは、和解の内容だった。

和解では、医師の責任がまったく追及されていなかった。医師を被告にした場合、個々の治療行為が適切であったかどうかを検討しなければならず、裁判の長期化が避けられなくなる。そこで、医師の責任問題は切り捨てられたのだ。

主治医に不信感をもつ二人には、それが納得できなかった。

道雄には、賠償金をもらうことへのためらいもあった。それは東京ＨＩＶ訴訟の裁判を初めて傍聴したときのある光景が忘れられなかったからだ。

裁判は原告個人のプライバシーを守るため、ついたてが設けられた。異例の匿名裁判として進められ、原告はそれぞれ番号で呼ばれた。

その日は、二十歳ぐらいの原告男性が涙ながらに訴えていた。

「私が親に残せるのは、お金しかありません」

その気持ちは十分理解できる。しかし、「広太と健の命はお金にはかえられない」。道雄はそう思った。

さらに、原告らの間からも雑音が聞こえてきた。

「裁判闘争に加わりもせず、和解の後に提訴して、賠償金だけもらうのはおかしいし、虫がよすぎる」

一人息子の幸博を、やはり十二歳で亡くした、トラック運転手をしている上田市の池田今朝仁は、実名を公表して裁判闘争を続けてきた。幸博も東大医科研に入院しており、忠地夫妻とも顔なじみだった。

広太と健は一九九二年冬、クリスマスプレゼントとして絵を描いて、闘病を続ける幸博を励ましにいったことがある。しかし、病状が重く、会うことはできなかった。幸博はしばらくして亡くなった。

池田は、「二人も息子さんを亡くして、うちよりも怒りは大きいはず」と、道雄と佐代子を思いやる。

そして、「薬害を防止するためには賠償金という制裁が必要。それぐらいしなくては子供たちは浮かばれない。それに、提訴してからでも医師の責任の追及はできる。途中からの提訴でも気にすることはない。遺族の苦しみ、悲しみはみな同じなんだから」と提訴を勧める。

個人個人の事情は違う。自分たちの思いを強いるようなことはしたくない。だから、道雄と佐代子は、信友会の会員たちには提訴を勧めている。

しかし、自分たちは割り切れない。理屈ではない、心情だ。納得させてくれるのは、「医師の誠意」だけなのだ。

池田今朝仁さん。

第十一章　偲《しの》ぶ会

春の芽吹きを誘う陽気となった一九九七年三月二日。忠地家で健を偲ぶ会が開かれた。

級友や父母ら十四人が集まった。仏壇の前には色とりどりの花がいけられ、テーブルには、食べきれないほどのごちそうが並んだ。

「あっ、仏前に供えるのを忘れた」

佐代子は立ち上がり、イチゴ大福などを盛った小皿をささげた。

仏壇の上にかかった遺影の中で、広太と健は穏やかな表情でおっちょこちょいの母親を見つめている。

健が亡くなってから、一年がたっていた。

健の級友、宮沢英祐《みやざわえいすけ》（十三歳）の母・文子《あやこ》（三十八歳）は、二人の死の真相を知ってから、たびたび忠地家を訪れ、道雄や佐代子の話し相手をしてきた。あるとき、広太の一周忌に学校や塾の先生らが作ってくれた文集『広太その笑顔』を読んだ。

「文集を手にするたびに、広太君に会える気がする。健君にも作ってあげたらいいのに」

宮沢の発案で、健の級友の父母らが中心となって一九九六年秋から文集作りが始まった。

道雄と佐代子は当初、健の作文や絵を載せるだけでいいと思っていた。しかし、級友や父母から寄せられた文章は、薬害エイズを正面から取り上げていた。

広太の文集では触れることのできなかった薬害エイズを、今回は中心に据え、両親は〝はしがき〟にこう記した。

「薬害エイズで亡くなったと言えない不条理な社会の中にあって、健の生前、私たちも病名を明かさずきました。しかし、二人まで息子を失い、

広太の寄稿集（右）と健の遺稿集。

黙っている訳にはいかないと事実を話し始めました。（略）何をどうしたら良いのかわからないまま過ぎた一年。（略）これから先、何を目標に生きていったら良いのか。何をやらなければいけないのか。先が見えません。しかし薬害エイズ事件は私たちにとってまだ終わっていないのです」

一周忌に合わせて出来上がった文集は、健が好きだった赤色の表紙。そこに道雄が木の筆で、力強く「ＫＥＮ」と黒く書き入れた。

証《あかし》

健の生きた証は絵画、陶芸、遺稿集、そして作文や日記として残された。

「お母さんいつも、ごはんを、作ってくれてありがとう。おとなになったら、おやこうこうして、アメリカに、つれてってあげるからまってててね。アメリカに、いくには、お金が、いるから、いっぱいおしごとしなきゃいけない。『お母さんいっしょに、アメリカいこう。』」

健が小学三年のときに書いた「母の日」の作文。佐代子と健が乗った飛行機の絵も描かれている。一家で東京ディズニーランドへ行ったときの楽しかった思い出が忘れられなかったのだろう。健は、母をディズニーランドの本場アメリカへ連れていきたがった。

健は、小学一年からほぼ毎日、日記をつけ続けた。

「きょう、とうきょうタワーに、きました。とうきょうタワーは、バスで、いきました。ついたらまずかいだんをのぼりました。５０９だんとかいっぱいのぼりました。きょうは、ほんとうにつかれました」（一九九一年八月十五日）

東大医科研の診察を受けに、上京した小学二年のとき。東京タワーを歩いてのぼると記念にノートがもらえることを聞きつけて、一家四人で挑戦した。このころはまだ、健も広太も元気いっぱい。が、表面上とは裏腹に、体内をＨＩＶがむしばんでいた。

「信州博でかってもらったぼくのふうせん。ハートの形をして、足と手がついているおもしろいふうせん。（略）顔はなんだかねむたそう。でも、なん日かたっていくと、しぼんでいっちゃう。『ずーと』。いきればいい。きんさんぎんさんみたいに、百才までいきればいいな」（一九九三年八月一日）

小学四年のときに、道雄や祖母らと行った信州博。風船への思いをつづった一か月後、広太が亡くなる。しかし、兄の死について、日記では、一切触れていない。

「薬は、にがいのもあるし、あまいのもある。薬はまずいけど、かぜとかなおるいい物。（略）薬はなくてはならない物」（一九九三年八月二十三日）

佐代子は、あのころ、健が飲んでいたエイズ治療薬のことを思い浮かべる。甘くて変な味だったという。表面的には嫌がらず薬を飲んでいた健の心中を察する。

「夕やけは、きれいだ。（略）だれが作っているのかな。やっぱり神様かな。（略）ずうっと、見ていると、なんだか天国にいる気分になってしまう。もっと近くに、行って見てみたいな」（一九九四年四月二十九日）

「天国」「神様」「前世」。小学校高学年になると、こうした言葉を多く使うようになる。「死を身近に感じた健は、死んだらどこへいくのだろうか、と考え始めたのでは」と、佐代子は推測する。

〔神様〕

かみ様

10月7日水曜日（三年）

かみ様は、この世で、一番えらい人。おばあちゃんちにも、ぼくんちにもある。でも、昔は、かみ様が、いたのかなあ。かみ様は、どこからきたのかな。

やっぱり、天国からきたのかな。でも天国は、どこにあるのかな。うちゅうのはてにあるのかなあ。かみ様は、えらい人だから、りっぱなおしろに、すんでるかもしれない。もし、あったら、ぼくそこに、行ってみたいなあ。

空

5月29日日曜日（五年）

空は、神様の所につながっている。

神様は、天空から、ぼくたちを見まもっていてくれる。青空になった時に、太陽が出てくると、すごーく明るくなる。ずーっと、空高くあがっていきたいな。そこには、どんな世界が、広がっているのかな。空の上は、うちゅうがある。うちゅうは、空気がないから、人間は、さんそボンベをつけなきゃ、生きていけない。もしかしたら、未来になったら、うちゅうりょこうがかんたんにできるかもしれない。そうなったらいい。

星

7月7日木曜日（五年）

星は、夜に見られる物。とってもきれいだ。なんだか、こんぺいとうみたいだ。なんだか、近くで見てみたい気がする。星の友達は、月だな。いっしょにいつも出てくる。やっぱりなかよしなんだなあ。ぎもんに思うけど、いったいなんで、くらくなると星が出るのかな。神様が、一つ一つ星をおいていってるのかな。星って言うのは、しらないうちに出てるからふしぎ。今日は7月7日天の川が出る日だな。

〔前世〕

さる

5月12日木曜日（五年）

さるは、「人間のぜん世。」って、いわれている。たしかに、本当だ。だれがぜん世は、「さる。」って、いったのかな。

よく、かんさつしている。さるは、バナナが、大こう物。バナナじゃなくても、フルーツなら、なんでも食べる。

ぼくも、フルーツは、バナナが一番好き。ぼくのぜん世は、さるだって、はっきりしたな。さるが、ぜん世じゃない人も、いっぱい、いるかも。

おばあちゃん

7月23日土曜日（五年）

　ぼくのおばあちゃんはとってもやさしい。おばあちゃんの家に行くと、おばあちゃんが、とってもよろこんでくれる。もちろん、おじいちゃんもいる。

　おばあちゃんに、おもちゃを買ってもらったことがある。ぼくのおばあちゃんは、木曽にいる。ぼくのお母さんのお母さんだ。おばあちゃんは、昔は、どんな人だったかな。こわい人かな。

　それとも、今みたいにとってもやさしいかな。おばあちゃんのかこを見てみたいな。

ぼく

10月1日土曜日（五年）

　ぼくは昔、いなかった。昔いたのは、お母さんや、お父さんや、おじいちゃん、おばあちゃん。そのまた昔にいた人もいる。ぼくは、お母さんにうんでもらった。そのお母さんは、おばあちゃんにうんでもらった。おばあちゃんもおなじ、とてもふしぎだ。一番一番最初にうんだ人ってだれなんだ。神様がうんだのか、それとも動物。もしかして、人間ににているサルがうんだのかもしれない。なぞだ。

健の遺稿集を手にとり、偲ぶ会の参加者は思い出話に花を咲かせた。

「二人も息子を失ったのに、忠地さんは気丈だね」

「健君、もう二年遅く生まれてくればよかったのに」

「エイズへの偏見は、今も変わっていない」

道雄と佐代子は、努めて明るくふるまった。

しかし、二人は、広太と健の死をまだ受け入れられずにいた。

自分たちの気持ちを整理するためにも、二人の遺作展を開くことを決める。そこには別の決意もあった。遺作展を最後に子供たちのことを語るのはもうよそうと。

中学時代の広太の手さげカバンと健のランドセル。

第十二章

出発《たびだち》

生と死の意味

一九九七年四月二十日、午後十時半過ぎ。定刻より十時間も遅れて、道雄と佐代子を乗せたインド航空機が、成田空港からインドのデリーに向けて飛び立った。

二人はつい二週間前に開いた広太と健の合同遺作展を最後に語ることをやめ、気持ちの上では一つの整理をつけた。

しかし、薬害エイズで二人の息子を失ったという事実、「もう戻ってこない」という現実は、両親の身に重くのしかかる。励ましの手紙を何度読み返したことか。でも、悲しみがいやされることはなかった。

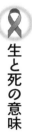

「つらさは避けて通れない。子供の死が生かされて初めて、平穏な日々が迎えられる気がする。二人の死を生かすために、何かをしなくては」

健と三人で行ったインドへの四回目の旅は、その手がかりを求める旅でもあった。

子供を失った悲しみの深さは、他人を憎むことなどでは埋まらない。子供に降りかかった過酷な運命の責を、自分の中へ中へと取り込んでしまう。二人は、広太と健のことを思い浮かべると、楽しいことは罪悪と感じた。話も弾まない。気晴らしにどこかへ行こうとも思えない。おいしいものを食べる気にもなれない。心の底から笑うこともなかった。広太と健はどうしているのだろう。そればかりを考えた。

この一年、憤りと不信感、無念さと絶望の中、両親は、息子たちの死の真相を語り続けた。

話せば話すほど、落ち込んだこともある。が、語ることは自分たちの生き方を自分自身に問うことであり、今を生きる証でもあった。

そして、佐代子は自分自身に言いきかせる。

「広太と健がいなかったら、今の我々はなかった。喜びも悲しみも子供からすべてを教えられた。気持ちの上では納得できなくても、納得しなくちゃいけないなと思う。二人は意味があって生まれ、死んでいったんだと」

ともに十二年の短い生涯を閉じた広太と健。その人生は国と製薬会社、医師が引き起こした薬害エイズ禍の歩みでもあった。

炭鉱のカナリア

その昔、炭鉱で坑夫は、カナリアをいっしょに坑内に連れていき、悪臭や酸欠を感知して知らせる役目をさせていた。

健のヨガの先生で、最期をみとった画僧の上野玄春《うえのげんしゅん》（五十歳）は、広太と健の兄弟を、この〝炭鉱のカナリア〟にたとえる。

《罪のない人が倒れていくのは、これでいいのかとの訴え、メッセージです。しかも、純真無垢《むく》な子供たちはかわいいから、なおさら私たちに感動と警告を与えます。その意味で、広太君と健君は一つの仕事を成しえたのです。危険を察知し、時には身をていして犠牲になるカナリアのように……》

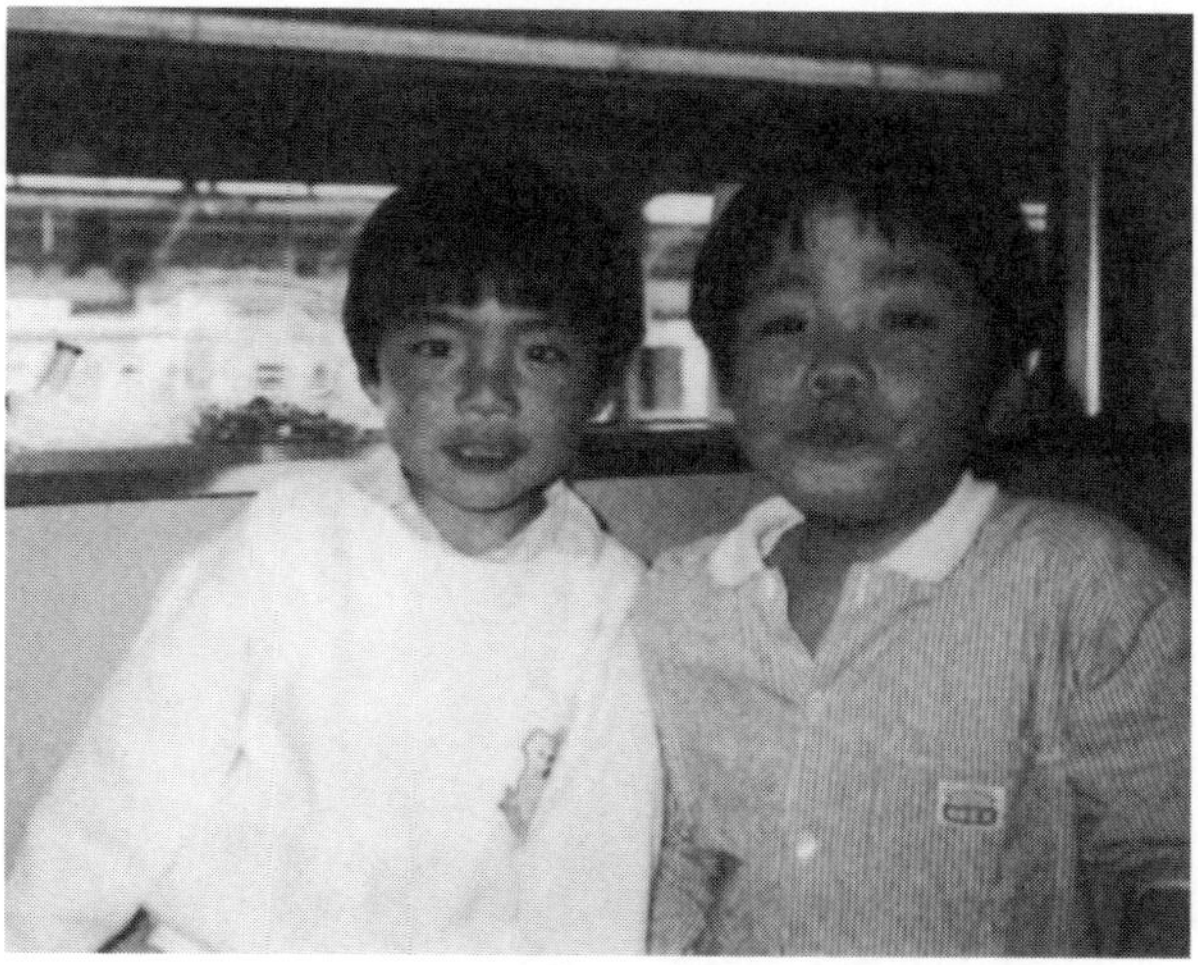

仲の良かった兄弟。健（左）は広太を慕っていた（1989年4月）。

「広太、健、天国はどうだ。」

「住みごこちはいいか。」

広太、健を連れていってしまって、おまえは……。

健、おまえも兄ブーのところへ行ってしまって……。

困ったもんだな、二人とも、父ちゃんと母ちゃんを
おいていってしまうなんて。

9月がきたら、広太は17歳、健は14歳。

二人とも生意気になったろうな。

おまえたちは、いいよな、二人いっしょで。
たまには降りてこいよ。
母ちゃんと二人きりじゃ、おまえたちが好きだった
焼き肉をやる気にもなれないよ。

縁側から外を見ていると、ふーっと二人が来てるような気がするよ。
今いちばんしたいこと……。
やっぱりおまえたちを抱きしめたい。

一九九七年八月　忠地道雄

仲良くピースサインをする小学５年の広太（右）と同２年の健（1992 年２月）。

出版にあたって

忠地佐代子

出版の話が持ち上がったとき、二人の子供たちの生きた証を残すことができる。そう思った。

親として書くページを与えられた。しかし、書き始めてみるとなかなか筆が進まない。悩んでいる私を見て夫は「無理しなくていいんじゃないの」と言った。次男の健も逝ってしまってから、社会に向けて行ってきた活動に区切りをつけたが、私たち二人はお互いの考えや思いをよく話し合うようになった。夫は、私の気持ちの整理ができていないことを見抜いていた。

子供たちが、病気に負けず明るく生きたこと、関わってくれた多くの人たちにいろんな思いを残してくれたこと。短い一生だったけれど、輝いて走り去った子供たち。書きたいこと伝えたいことがいっぱいあるはずなのになぜ書けないの……。

子供たちの生き方に、親としてはずかしくないよう生きなければ。「お母さんたち頑張ってるよ」。書くことで自分自身の気持ちを納得させようとしている私。自分の今の気持ちに正直でない、無理をしている私がそこにあった。

きれいにまとめることはやめよう。こんな不条理なことを、そんなに簡単に説明できるはずはないんだ。今、自分の感情に正直に書くことを、子供たちもきっと許してくれるだろうと思う。

子供たちと共に過ごした十六年間、子供が逝ってしまい私たち二人だけになって一年余り。多くの方々の励ましに支えられ生きてきた。それなのに、これから先、再び生きていく力を、いまだ見いだせないでいる。

薬害エイズで命を奪われた者に関わった医師たちが、「しかたのない死だった」と言い続けるなら、その死は無駄な死であり、残された者にとっても、生きる意味を見いだせないまま、生きつづけなければならないことになる。

薬害だけではない、子供たちの不条理な死は、いつの時代もなくならないけれど、その死に目をそむけず、悼む心と、死を生かせる社会を築くために、私たち大人がもう一度考え直すきっかけにしなければならないと思う。

いずれ、子供たちと共に生きた日々を書き残したいと思っている。おだやかな心で、子供たちのことを思い出しながら、書く日が来ることを信じて……。

※この文章は一九九七年の出版当時に寄せられたものです。

年表

年・月・日	薬害エイズの歩み	忠地家の歩み
80・9・5		広太、波田町立波田総合病院で誕生
81・5		広太、奈良県立医大で血友病Ａと診断される
・6・5	米国疾病予防管理センター（ＣＤＣ）がエイズ発症を初報告	
・7		広太、頭蓋内出血で国立松本病院に入院。非加熱血液製剤「クリオブリン」の投与開始
・12		広太、点頭てんかん
82・		広太、肺炎などを起こし入退院を繰り返す
・7・16	ＣＤＣが血友病患者３人のエイズ発症を報告	
83・2・1	厚生省が血友病患者の自己注射療法を認可	
・3・4	ＣＤＣが「血友病患者のＨＩＶ感染は血液製剤が原因と見られる」と警告	
・3・21	米国で加熱血液製剤が認可される	
・6・2	日本トラベノール社が「供血者がエイズの兆候を示したため血液製剤を自主回収した」と厚生省に報告	
・6・13	厚生省のエイズ研究班（班長・安部英帝京大教授）発足	
・7・18	エイズ研究班第２回会合。帝京大の血友病患者の症例について議論し、エイズではないと判断	
・9・14	血液製剤問題小委員会の初会合。クリオ製剤否定の方向が固まる	

年・月・日	薬害エイズの歩み	忠地家の歩み
・9・24		健、国立松本病院で誕生。約3か月後に血友病Aと診断される
・11・30		健、非加熱血液製剤「クリオブリン」の投与開始
84・1		広太、B型肝炎で国立松本病院に入院。健も検査のために入院
・3・29	エイズ研究班第5回会合。血液製剤問題小委員会がクリオ製剤への切り替えを否定する報告書を提出。非加熱血液製剤の継続使用が認められる。エイズ研究班が解散	
85・3・22	厚生省が男性同性愛者を日本人エイズ患者第1号と認定	
・5・30	厚生省が3人の血友病患者をエイズと認定	
・7・1	厚生省が加熱血液製剤（血友病A患者用）を承認。非加熱血液製剤の回収は指示せず	
・10・26		健、血液製剤の投与を加熱製剤に切り替え
・11・2		広太、血液製剤の投与を加熱製剤に切り替え
・12・1	厚生省が加熱製剤（血友病B患者用）を承認	
86・6・21		広太のＨＩＶ感染、国立松本病院の主治医から佐代子に告知される。佐代子の記憶と食い違う
・11	松本エイズパニック	
87・1	神戸エイズパニック	

・2	高知エイズパニック	
・4		広太、波田町立波田小学校に入学
・6・21		家族4人で友人の結婚式に出席するため埼玉へ。翌日、東京ディズニーランドへ行く
88・12・21	エイズ予防法が成立	
89・1	血液製剤でＨＩＶ感染した人への救済金支給開始	
・4		家族らでピースボートの船旅
・5・8	大阪ＨＩＶ訴訟の第1次提訴	
・6ころ		健のＨＩＶ感染、国立松本病院の主治医から佐代子に告知される。佐代子の記憶と食い違う
・10・27	東京ＨＩＶ訴訟の第1次提訴	
90・4		健、波田町立波田小学校に入学
90・春		佐代子の記憶では、広太の感染告知を受ける
・夏		佐代子の記憶では、健の感染告知を受ける
91・7		広太と健、東大医科研に初診。健、アレルギー紫斑《しはん》病《びょう》で入院
92・8		健、リンゴ病、風疹、肋膜炎で入院
・9		広太、帯状疱疹《たいじょうほうしん》で入院
93・3		広太、はしかで入院

年・月・日	薬害エイズの歩み	忠地家の歩み
・4		広太、波田町立波田中学校に入学
・6		広太と健、東大医科研に入院
・9・2		広太、国立松本病院で死去。享年《きょうねん》12歳
・11		家族3人で広太の口寄せのために青森へ
・12		家族3人でエイズ治療薬を求めてインド、チベットへ
94・4・4	血友病患者や家族が安部元班長を殺人未遂容疑で告発	
・5		第2回のインド訪問
・11		広太を偲ぶ会を波田町内で開く
95・2		第3回のインド訪問。サイババに手紙を手渡す
・3		健、口腔のヘルペスで東大医科研に入院。川田龍平と知り合う
・5		健、東京へ修学旅行
・10・6	東京、大阪両地裁が和解勧告	
・10・15		佐代子、健に感染を告白
・10		健、サイトメガロウイルス網膜炎で入院
96・1・23	厚生省が「HIV感染調査プロジェクトチーム」を設置	
・2・5		健、東大医科研に最後の入院

・2・16	菅直人《かんなおと》厚相が国の責任を認め、原告患者らに謝罪。恒久対策を確約	
・2・18		健を梓川村の自宅へ連れ帰る
・2・29		健、死去。享年12歳
・3・18		夫妻は国立松本病院に質問状を提出
・3・29	東京、大阪両ＨＩＶ訴訟第1次和解が成立	
・4・17	参院厚生委が安部元班長を参考人招致	
・6・20		国立松本病院から回答書
・8・7		夫妻と保田弁護士、国立松本病院の主治医らと面会
・8・29	安部元班長が業務上過失致死容疑で逮捕される	
・9・19	ミドリ十字の元・前・現3社長が逮捕される	
・10・4	元厚生省生物製剤課長が逮捕される	
・10・8		三郷村立三郷中学校3年3組が文化祭のテーマにエイズを取り上げ、広太と健の遺作も展示
・10・12		夫妻、波田町の公民館に集まった広太と健の級友を前に、二人の死の真実を語る
・11・2	薬害エイズ国際会議が神戸市で開催される	
97・1・4		健が通っていた陶芸教室の主宰者が陶笛展開催
・3・2		夫妻の自宅で健を偲ぶ会を開催
・3・10	薬害エイズ事件審理始まる。安部被告が無罪主張	

年・月・日	薬害エイズの歩み	忠地家の歩み
・4・1	エイズ治療・研究開発センターが発足	
・4・5		「兄弟ふたりの遺作展　薬害エイズで逝った子供たち」を梓川村で開催
・4・20		インド再訪
・5・18	米大統領、エイズワクチン開発を国家目標にすると宣言	
・7・16	ＨＩＶ感染者の障害者認定を審議する厚生省の座長が差別発言をしたとして解任される	
99・8・24	厚生省正面玄関前に薬害根絶の「誓いの碑」が建立される。この日は、翌年から「薬害根絶デー」となる	
00・2・24	非加熱製剤の販売中止を怠ったとして、大阪地裁が製薬会社・旧ミドリ十字の歴代3社長に実刑判決	
01・3・28	東京地裁が安部元班長に無罪判決	
・9・28	非加熱製剤の販売を中止させる義務があったとして、東京地裁が元厚生省生物製剤課長に有罪判決	
05・4・25	安部元班長死去	
16・1・8	薬害エイズ事件の被告企業の1つ、化学及《および》血清療法研究所（熊本市）が血液製剤などを国の承認を受けていない方法で製造していたとして、厚生労働省（元厚生省）から110日間の業務停止命令が出された。約40年間も不正製造を続けていた	
・8・24	薬害エイズ訴訟和解20年の薬害根絶デー	

あとがき

知的障害を負いながら、とびっきりの笑顔で周囲を明るくさせた広太君。何度も何度も描いた色鮮やかな荷物を載せたトラックに、どんな夢を託していたのだろうか。兄を慕い、絵画や陶芸、バスケットボールに熱中した頑張り屋でまじめな健君。死の直前に「お母さん、僕を愛してくれていますか」と問いかけた言葉に、どれだけの悲しみが詰め込まれていたのだろうか。

薬害エイズで息子二人の命を奪われた夫妻がいる――。私たちは、そんな情報を得て知人を介して取材をお願いした。広太君に続き、健君も亡くなって間もない時期のことで、「まだ、気持ちの整理がついていないようで、応じてはもらえそうにない」との返事だった。

それから半年近くたって、もう一度、打診してみたが、答えは同じだった。ほとんどあきらめかけていたが、その後、忠地さん夫妻が健君のために遺稿集を作っているとの話を聞き、再度、取材をお願いしてみた。

忠地さん夫妻は当初、「読者の感涙を煽《あお》るお涙ちょうだい的なストーリー」としてだけとらえられるのではないかと心配しており、取材を受けるべきか、悩んでいたようだ。私たちは、「残された遺族の苦しみやエイズへの根強い偏見、訴訟の対象から外された担当医師のモラル、そして何よりも短い生涯を前向きにかけぬけた兄弟の生き様を通じて、薬害エイズとは何だったのかを、読者に考えてもらいたいのです」と、取材意図を説明した。

ようやく取材の承諾が得られて、本格的な取材が始まったのは、ご家族の存在を知ってから一年後のことだった。忠地さんの仕事の都合で、取材はたいてい午後七時半ごろから。囲炉裏のわきに座り、広太君と健君の生い立ち、学校生活、闘病、死、両親の苦悩などを毎回毎回、深夜まで語っていただいた。時計の針はいつも、午前零時を回っていた。

インタビューをした人は総勢八十人ほど。あやふやな記述を避けるため、何度も同じことを繰り返し質問し、確認した。特に忠地さん夫妻には十数回、計八十時間にわたるインタビューとなった。しかも、息子さんたちの遺作展の準備、そしてインド訪問などの日程がたてこんでおり、限られた時間内での取材となった。プライベートなことにもかなり立ち入って尋ねたが、忠地さん夫妻は嫌な顔一つ見せず、メモなどを確認しながら淡々と語ってくださった。

聞けば聞くほど、やり切れない思いにもなった。時折、涙ながらに語る佐代子さんの姿や、「もう、これっきりにしてほしい。こうやって話をすると、どうしても思い出してしまうもんでね」と、つぶやいた道雄さんの言葉が胸につき刺さった。

忠地さん夫妻は、二度と薬害が起こらないように、自分たちのようにつらい体験をする家族がなくなるように、との熱い思いで取材を受けてくださった。しかし、そんな夫妻の願いも、薬害エイズ事件という悲劇も、今はもう、忘れ去られてしまっているのではないかと悲しく、時に怒りさえも沸いてくる。

「命の尊さを心に刻みサリドマイド、スモン、ＨＩＶ感染のような医薬品による悲惨な被害を再び発生させることのないよう医薬品の安全性・有効性の確保に最善の努力を重ねていくことをここに銘記する」

薬害エイズ事件を反省して厚生省（現厚生労働省）が一九九九年、正面玄関前に建てた「誓いの碑」には、このような内容が刻まれている。

「サリドマイド」は睡眠薬や胃腸薬として売られていた薬で、妊娠中に服用した母親から手足が短い赤ちゃんが生まれた。「スモン」は、整腸薬のキノホルムを服用した人に全身のしびれや視力障害などが表れた神経障害のことだ。

薬害エイズ事件の後も、ＭＭＲ（はしか・おたふく風邪・風疹）ワクチン接種で多くの子どもが無菌性髄膜炎（脳などを包む膜に炎症が起きる病気）を起こし、急性脳症などで苦しむ事態があった。脳外科手術の際に汚染された膜を脳に移植されて認知症状などが表れた薬害ヤコブ病も引き起こされた。

薬害エイズ裁判の被告企業の一つ、化学及《および》血清療法研究所（化血研《かけつけん》）が、国の承認とは異なる方法で血液製剤を製造していたことが二〇一五年、明らかになった。化血研は一九九六年の和解の際、「悲惨な被害を再び発生させないよう最善の努力を重ねる」と誓約したが、その裏で四十年もの間、不正行為を続け、悪質な隠蔽《いんぺい》工作も行っていたのだ。

忠地さんの願いはむなしく、薬害は止まらない。

薬害エイズ裁判が和解してから二十年を過ぎた今。広太君と健君の輝かしい未来が十二年で閉ざされてしまった悲劇を、私たちは今一度思い起こし、薬害を二度と起こしてはならないと決意を新たにしないといけない。

◇

この本の内容の元になったのは、一九九七年四～五月に読売新聞の長野・中南信版で二十五回連載された「12歳の告発」です。当時の読売新聞長野支局、松本支局の皆様にお世話になりました。特に長野支局デスクであった盛浩二氏、松木千恵さん、深夜まで取材メモの整理などを手伝ってくれた井上晋治氏にはお礼を申し上げます。

連載の内容を大幅に加筆・修正し、単行本「12歳・命の輝き　薬害エイズで逝った兄弟」（あすか書房）が一九九七年十月に出版されましたが、長く絶版となっていました。このたび、復刻版が発行されることになったのは、ミネルヴァ書房の杉田啓三社長が本の内容に共感してくださったおかげです。エヌ・アンド・エス企画の稲葉茂勝社長には、杉田社長に復刻の推薦をしていただき、エヌ・アンド・エス企画編集部の齊藤由佳子さんには、復刻版の編集を担当していただきました。また、多忙の中、手記をお寄せくださった櫻井よしこさんに感謝いたします。

そして、何より、社会的差別を恐れず私たちの取材に協力してくださった忠地さん夫妻には敬意を表します。

最後に、広太君、健君をはじめ、薬害エイズの犠牲者の皆さんのご冥福《めいふく》を心よりお祈りいたします。

二〇一七年四月

坂上　博

鈴木英二

《著者紹介》

坂上博（さかがみ・ひろし）

読売新聞東京本社調査研究本部主任研究員。新潟県生まれ。東京工業大学卒業。1987年読売新聞社入社。東京本社整理部（現在の編成部）、松本支局などを経て、1998年より医療情報部（現在の医療部）記者として医療全般の取材を行う。医療部次長を経て2016年より現職。著書に「きちんと知ろう！アレルギー」全3巻（ミネルヴァ書房）、「シリーズ 疫病の徹底研究」3巻・4巻（講談社）、『再生医療の光と闇』（同）など。

鈴木英二（すずき・えいじ）

読売新聞湘南支局長。長野市生まれ。東京外国語大学卒業。1985年読売新聞社入社。東京本社社会部、長野支局長、水戸支局長などを歴任し、本社紙面審査委員会委員を経て2014年より現職。2000年に連載記事「北陸いのちと健康」で、ファルマシア・アップジョン医学記事賞特別賞（大賞）受賞。著書に『烈士暮年に、壮心已まず』（たちばな出版）、共著に『生と死の現在』（桂書房）、『義経残照』（読売新聞社）など。

編集：こどもくらぶ
制作：エヌ・アンド・エス企画

シリーズ・福祉と医療の現場から②
薬害エイズで逝った兄弟
――12歳・命の輝き――

2017年5月20日　初版第1刷発行　〈検印省略〉

定価はカバーに
表示しています

著者　坂上博
　　　鈴木英二
発行者　杉田啓三
印刷者　和田和二

発行所　株式会社　ミネルヴァ書房
607-8494　京都市山科区日ノ岡堤谷町1
電話代表（075）581-5191
振替口座　01020-0-8076

平河工業社

ISBN978-4-623-08052-6
Printed in Japan